花房観音

京都伏見　恋文の宿

実業之日本社

JN138603

実業之日本社文庫

水がゆるゆると流れていく。

川面《かわも》に浮かぶわくら葉は、どこから来たのか。この伏見《ふしみ》にたどり着き、水の流れにゆられて、見知らぬ国へと行くのか。

幾つかの川と混じり合い、ひとつの大きな流れとなり、浪速《なにわ》の海へ。そこからまたどこに向かうのか。

ただ、流されるままに、まだ見ぬ国へ、いつかたどり着くことができたらいいが。

伏見は人が集い交わり、再び流れていく場所。

だから私はここにたどり着いた。

京都伏見　恋文の宿

目次

第一章　懸想文《けそうぶみ》の男

伏見《ふしみ》という場所は、京ではあるけれど、京らしくない。

宿を発《た》つ際に、そう言った商人がいた。まだ若い男だったが、国中を動き回り、物を知っている男だった。

だから居心地がよく、ついゆっくりしてしまったわと男は笑いながら、何かうまいものでも食えと小遣いをくれた。また来るぞと言っていたが、それから姿を見ない。

生まれてこの方、伏見の地にいる真魚《まお》は、男の言った意味がわからなかった。母にそれを告げると、「ここはぎょうさんの人が、行ったり来たりする場所やさかいなぁ」と、言われた。

なんでなん？　と真魚が問いかけると、めんどくさそうに、「私はそんなに賢こないから、わからへん。お琴《こと》さんに聞きや」と言って土間に面した囲炉裏のある部屋から、奥にひっこんでしまった。

真魚は、離れの六畳間で本を読んでいる琴を訪ねた。琴は、ほとんど外には出ず、だいたい書物を開いている。ちらっと見ただけで、難しい書物だとわかった。「女の人で、あれだけ本を読んでいる人はいいひん」と母が口にしていたが、おそらくその通りだ。そもそも字をまともに読めない者だってたくさんいる。

琴は色が白く、すっきりした顔立ちで、美しい人だと真魚は思っていた。切れ長の目に、薄い唇の細面《ほそおもて》で、紺地の木綿の着物を身に着け、髪を結わず垂らし後ろでくくっている。確か、年は二十半ばぐらいのはずだ。十四歳になったばかりの真魚にとっては、少し年の離れた姉のような存在だった。

真魚の母であるお由井《ゆい》が女将《おかみ》を勤める伏見の旅籠《はたご》「月待屋《つきまちや》」の離れに琴がいついてから、半年になる。月待屋は、中書島《ちゅうしょじま》遊郭から橋を渡った宇治川《うじがわ》派流の川沿いにあり、三十石船《さんじっこくぶね》の船着き場にも近い小さな宿で、伏見が月の名所であることからその名がついたのは知っていた。

あの日は雨だった。前触れなく、お由井が女を連れてきて、ひとり娘の真魚に、「今日から、この人がうちの離れに住みはるさかいな」とだけ告げられた。そういえば、数日前に、お由井に離れの掃除をするようにと命じられて雑巾がけなどをしていたが、真魚からしたら、いきなりの話だった。

お琴さんは、あの頃、もっと痩せて――というよりやつれていて、雨に濡《ぬ》れていたせいか綺麗《きれい》な人だけど陰があるという印象だった。けれど、話をすると気さくで、真魚の遊び相手にもなってくれて、すぐに好きになった。双六《すごろく》の相手をしてくれるだけではなく、読み書きも教えてくれる。何より、いろんなことを知っている琴とは、ただ話をするだけでも楽しかった。

琴がどこから来たのか、どうしていきなり月待屋に住み始めたのかは、よくわからない。一度だけ、それとなくお由井に聞いたことがあるが、「詮索したらあかん。まだあんたは子どもやさかい、知らんでええことや」とだけしか言われなかった。

それにしても、ずっと書物を読んでいる。そして何かを書いている。そんな女の人を見たのは、初めてだった。

「伏見は、宇治川が流れているでしょう。この宇治川が、京の大山崎《おおやまざき》というところで、木津川《きづがわ》と鴨川《かもがわ》と合流して一本の川となり、海へと流れていきます。そこからまた様々な場所に行ける。船で動くのは、歩くのよりよっぽど早いんです。遠方の地と行き来する人たちは、必ずこの伏見を訪れることとなります。だから、京ではあるけれど、京らしくないと、その商人は言ったのでしょうね。京の都は、閉ざされています。平安の昔に、外敵から護《まも》るために、山や川を囲いにできるその場所にわざと作ったからなんです。だからこそ栄えて、長くこの国の都であったし、今だって禁裏があり、天子さまは都にずっといらっしゃる。徳川の世になっても、京には大名がいない。代々の帝《みかど》が作り上げた都は特別なものです。この伏見は、その京と、よその国との境目のような場所です。だから人が行き来し、伏見には、よその国の者も多い。京の都のように、閉じてはいない、開かれた場所です」

琴はそう話してくれたが、真魚にはよくわからなかった。

「真魚という名前は、あなたの父親が、この川の流れに乗り人が行きかう伏見で、いつか大きな海に辿《たど》りつく、生き生きした娘になって欲しいからって、魚の字をつけたんだって、女将さんがおっしゃってました」

琴はそんなことも言っていたが、母の口からは聞いたことがなかった。

そもそも、真魚は父親の顔を見たこともないし、どういう人かもしらない。

真魚が物心ついたときから、母のお由井は旅籠の女将だった。この宇治川派流沿いにある、五部屋しかない旅籠を切り盛りしていた。

母は娘の目から見ても女ざかりで美しかったが、お由井自身は、「もう男はめんどくさいからいらん」と、特定の男を家に入れることはなかった。

芯から冷えるような寒さが、少し和らいだ気がしたら、庭の紅梅がちらほらと蕾《つぼみ》をふくらませはじめた。十日ほど前に、伏見も結構な雪が降ったが、それからは晴れ渡り、雪も解けた。

それでも朝晩は寒くて、布団から出るのに時間がかかる。

そんな頃に、月待屋では、ある話が持ち上がった。

伏見には中書島遊郭がある。「廓《くるわ》」というのは、水のあるところ、人が行きかう場所には、欠かせないのだと琴から聞いた。子どもの頃から当たり前に宿に泊まった男たちが、夜に遊びに行くのを見て来た。

もともと中書島という地名は、豊臣秀吉《とよとみひでよし》の時代に中務少輔《なかつかさのしょう》に任官していた脇坂《わきさか》安治《やすはる》にちなんでいる。中務の唐名が中書であったことから、中書さまの住む屋敷のある島で、その名で呼ばれるようになった——これもお琴さんからの受け売りだ。

女の中には、廓に嫌悪を示す者たちもいるが、お由井は、近くの寺にお参りに来た廓で働く女の話を聞いたり、菓子を渡したり、ことさら親切にしていた。「女同士やから、助け合わなあかんのや」とも、口にしていた。

宇治川派流にかかる橋の手前に弁財天を祀《まつ》る「長建寺《ちょうけんじ》」という寺がある。かつては伏見に城を築いた秀吉公も信仰していたと伝えられており、唐風の山門は竜宮造りで紅の色が鮮やかだ。

月待屋からは、川を挟んでちょうど向かい側にあたる。そこにお由井は毎朝お詣《まい》りに行く習慣があり、真魚もついて行くことが多かった。中書島の遊郭で働く女たちや、海運、交通の神さまとして、伏見を行きかう旅人たちもたびたび訪れることで知られている。

お由井が親しくなった女もいるようで、お絹《きぬ》はそのうちのひとりだった。

「お絹ちゃんが、泣かはるんよ。恋しい人が、薩摩《さつま》に帰ってしもたて。夫婦《めおと》になる約束もしたのに来はれへんのやて」

あれはお由井と真魚、そして琴が朝餉《あさげ》を共にしているときだった。

「そやけど夫婦になる約束も、ほんまかどうかわからへん。男なんてな、平気で嘘《うそ》を吐《つ》く。ましてや下っ端とはいえ薩摩のお武家さまが、遊女と本気で一緒になるとは考えられへん。それは何度も、お絹ちゃんには言いきかしたつもりやけど、あの人をうちは信じてるんやの一点ばりなんや。そのお武家さまも、あこぎなお人やわ」

お由井は憤っている様子だった。

「遊ぶんやったら、きれいに遊ばなあかん。相手を本気にさせるなんて、一番したらあかんことや」

場所柄のせいか、お由井は昔からそのような男女の色事を、娘に話すのも平気なようだった。

「お絹ちゃんが可哀そうで見てられへん。まだ年季が残ってるのに、もうそのお武家さま以外の男にふれられるのが嫌でたまらん、死にたいとまで言い出して……男に惚《ほ》れると、女は周りが見えへんようになる」

そう言って、お由井は粥《かゆ》を掻《か》っ込《こ》む。

「まるで昔の自分を見てるようで、嫌になるんや」

「お絹さんは、どうしたいのでしょうか」

静かに、低い声で、琴が聞いた。

「とりあえず、相手のお侍さんの気持ちを確かめたいんやろうけど、何しろ薩摩は遠いさかい文を送るにしたって、お絹ちゃんは『長い文章なんて書いたことあらへん』って言うてはる」

　お由井がそう言って、ため息を吐く。

「私が、代わりに書きましょうか」

　箸をおいて、琴がそう口にした。

　驚いた顔をして、お由井が琴を見る。

「文《ふみ》なら、書けます。そのお絹さんの話を聞いて、私が」

　それはいいと、真魚は思ったが、お由井は困った顔をしている。

「お琴さんに、そないなことを」

「私は女将さんに世話になり、よくしてもらっていて、心苦しいぐらいです。けれど、何も恩返しをすることができません。私にできることは、文字を書くことぐらいで……よろしければ」

　お由井は少し考えた様子だったが、「それは、お琴さんにとっても、ええことかもしれへんね」と、口にした。

お琴さんはね、学がある人なので、それを生かして欲しいんや。でも、女の人は、文章を書いたりそんな仕事に就く人はおらへんからね——以前から、真魚にそうこぼすことがあった。

「なんでやの？」と真魚が聞くと、

「女は嫁に行って家事をするか、家の商売の手伝いをするかて、決まってるからや」

お由井は何を当たり前のことを聞くのかと言った顔をして、そう答えた。

とはいえ、あまり目立ったことをしたくない——という琴が考え出したのが、京の須賀神社《すがじんじゃ》にいたと言われる懸想文《けそうぶみ》売りのように、顔も声も出さないことだった。

なんでも、貧しい貴族が顔を隠し、「懸想文」の代筆をして売っていたという。

懸想文という言葉を知ったのは、そのときだ。愛《いと》しい人に気持ちを伝える、恋文のことらしい。もともとの起源は平安時代ではあるが、江戸時代には江戸や大坂でもお正月には現れたという。

琴が顔を隠して男のふりをし、お絹さんの話を聞いて懸想文を書くことになった。

「男の人のふりをするんやったら、声を出したらバレてしまわへん？」と、真魚が言うと、じゃあんたが懸想文売りの「口」になればええんやとお由井に言われ、客とのやりとりは、真魚がすることになった。

でも、せっかく文を書いても、誰が届けるのと聞くと、「佐助《さすけ》さんに頼んだらええんと違う？」と、お由井は言った。

佐助は、京の西陣《にしじん》の着物の端切れをもらい受け作った小物をよそで売り歩いている。もとが質のいい着物を使っているので、評判だったし、やはり京のものは売れるらしい。

佐助は以前から、月待屋にも出入りしていて、お由井とは親しかった。もともと、佐助の母がお由井と古い馴染《なじ》みだと聞いていた。佐助の母は足が悪く滅多に出歩くことはせず、せっせと小物を作って、それを佐助が売っている。もともと西陣の機《はた》織《お》りの娘だったとのことで、質の良い端切れが手に入るらしい。

佐助の年は幾つかわからないが、大黒さまみたいな風貌で、そのせいか「あんたの顔を見てたら、福がありそうや」と、様々な得意先に可愛《かわい》がられもするらしい。

佐助はお由井に惚れているのではないかと、真魚は密《ひそ》かに思っていた。そのせいか、真魚にも親切で、あちこち行くたびにお土産を買ってきてくれる。けれどお由井はそしらぬふりをして、佐助をうまく使っているようなところがあった。

「もちろん、タダほど怖いものはあらへんやろ。お絹ちゃんからはきっちりお代はもらうで」

とも、お由井は言っていた。

真魚は、母が思いついた試みに胸が高鳴っていた。

数年前、浦賀《うらが》の沖にメリケンから蒸気船が来て、金の髪の毛で赤ら顔のペリーという男が将軍に謁見を求めて大騒ぎになった。

それからこの国は、次々に異国の見たこともないような大きな船が訪れているとは聞いているが、実際のところ、異国の人というのを見たことも会ったこともないから、ピンと来ない。

けれど、確かにその頃から、伏見の人の行き来も増えた。琴によると、「幕府が動揺していることにより、長くに渡り虐げられた京の公家衆《くげしゅう》や、外様《とざま》の大名たちが動き出したのです」ということらしい。

くわえて、津波や地震、内裏《だいり》の炎上なども続き、世が荒れた。

「何より、公方《くぼう》さまには抑えつける力も、もう無いんです。とはいえ、大老の井伊《いい》さまが容赦なく幕府に逆らう者たちの首ねっこをつかんでいるようです。彦根《ひこね》の大老が」

琴がそうも話していた。

確かに井伊の大老になってから、よからぬ動きをしている者たちが、次々に処刑されているという話は聞いていた。

琴はほとんど宿から出ないのに、世の中のことを、よく知っているのが不思議だった。

「お琴さんみたいに物知りの人は、男にもおらん。もったいないわ。お琴さんが、もしも男やったら、どこかの藩に重宝されてるかもしれへんのに」

お由井も、そう口にしていた。

何やら世間は騒がしいらしいが、真魚にはよくわからない。ただ、宿には、様々な場所から客が訪れるようになったのは、わかる。荒々しい雰囲気の浪人の風体をした者も多いが、月待屋は、佐助もしょっちゅう顔を出すし、とりあえずのところは平穏だった。

けれど平穏というのは、退屈なのだ。

だから「懸想文売り」を始めるという母の思い付きに、真魚は内心、心が踊っていた。


普段、琴が住む離れに、使っていない四畳半の間がある。そこを掃除して、お絹さんを迎え入れることになった。

「水仙がええやろ」

と、お由井がどこからか採ってきた真っ白な花びらと黄色の芯の水仙を床の間に活《い》けた。

懸想文売りは、もともと貴族なので、烏帽子《えぼし》をかぶっていたらしいが、そんなものはないので、白い頭巾をかぶることにした。そして顔を隠し、深い紫の男着物を身に着ける。どちらも客の忘れ物らしい。

琴は背が高いし、胸もそう豊かでない。ためしに恰好《かっこう》をさせてみたら、いい感じに華奢《きゃしゃ》な男に見えた。

「最初に口上があったほうがええなぁ。さるやんごとなき身分の高い方のご落胤《らくいん》で、事情があり世に身を潜めて暮らしておられるから、詮索なさるな……とでも言うときや」と、真魚はお由井に言い含められた。

　実際に、真魚は琴が、どのような生まれで、なぜこのように教養もあり文字を書くのも達者なのに、伏見の旅籠にいるのか、理由を知らない。実は本当に、やんごとなき身分の生まれのような気がしてならなかった。きっと武家や公家の娘に違いない。品のある佇《たたず》まいもその辺にいる女が持っていないものだ。

　そうして、お絹さんがやってきたのは、準備が整った日の翌日の、昼間だった。よく晴れていて空が青く、ほがらかな日であった。

　お絹は、少し色がくすんだ銘仙《めいせん》の着物を着て、月待屋に現れた。中書島では人気の妓《ぎ》ではあるが、紅もおしろいも塗らずで、今はその辺にいる町の女と変わらない。琴のほうが綺麗なぐらいだと、内心真魚は思った。

　離れの部屋に敷かれた座布団にお絹は座っているが、居心地が悪いのか、きょろきょろと辺りを見渡している。

「まあまあ、お絹ちゃん、ようおいでやす。すぐに懸想文売りさまが来てくれはりますさかい、まずはおくつろぎやす」と、お由井がお茶と羊羹《ようかん》を置いた。

お絹が「ほな、遠慮なく」と、お茶に口をつけ、大きく息を吐くのと同時に、お由井は「私は宿の仕事があるさかい、これで失礼します。ごゆるりと」と、立ち上がる。

襖《ふすま》のところで振り向いて、思い出したように、「懸想文売りさまは、さる事情があって声を出さはりませんのや。そやから真魚がその言葉をお伝えします。真魚はまだ子どもやからと、言いにくいこともあるやろうけど、そこは遠慮せんといてください。大人の話もわかるように育ててますさかい、大丈夫やし。そんで決して他言はせぇへんと――お約束します」

と、告げた。

入れ替わりに、すっと奥の襖が開き、音を立てずに静かに顔を隠した琴が入ってくる。

軽く頭を下げ、お絹の正面に座った。

琴のあとをついてくるように真魚が部屋に入り、隣に座る。

琴は懐から、何やら小さな桐箱《きりばこ》を取り出した。そこから砂の塊のようなものを取り出し、香炉に入れ、火をつける。

部屋中に、香が漂った。

はじめて嗅ぐ香りだと、真魚は思った。琴が香を持っていたのも、知らなかった。最初はつんと鼻の奥に刺さるような刺激があるが、少し経《た》つと、それが心地よい香りに変わる。

高貴で、それでいて甘さのある匂いだ。大きく息を吸い込んでいたら、琴が真魚の膝をとんとんとつついたので、真魚は慌てて口を開く。

「お絹さん、今回は特別に、懸想文売りさまにこちらに来ていただいております。お絹さんの気持ちを文にしたため、お相手に届けてくれるそうでございます。さるやんごとなき身分の高い方のご落胤で、事情があり世に身を潜めて暮らしておられますので、顔を隠し声も隠すのは堪忍してくださいさい。さて、どうぞ、遠慮なくお話しください」

そう言って、深く頭を下げた。

「……お由井さんにね、つい話してしもたものの、うちはまだ躊躇《ためら》ってるんです。うちみたいな女がひとりの殿方に懸想することが、そもそもご法度《はっと》やというのは、わかっとります。そやけど恋は、そのように抑えることがでけへんもんやっちゅうのも、そこそこ生きてたら、身に染みとります」

お絹がそう言うと、琴は頭巾の間からわずかに覗く目でじっとお絹のほうを見ながら、無言で頷《うなず》く。

目の前にいるのは得体の知れない男だ。けれど、だからこそ、口を開くことが許されるのだと思ったのであろうか、お絹は堰《せき》を切ったように話し始めた。

うちのええ人は、薩摩のお侍さんです。

とはいうても、身なりも商人風で、刀も持たずで、仕えているのは、偉い方やとは言うてはりました。その人の命で、何度か京に来るようになったと。商人に姿をやつしているのは、侍は警戒されるからで、何かしら大事な使命があるんやとも。ほら島津《しまづ》の殿さまが、将軍さまに篤姫《あつひめ》さまを嫁がせたり、何かしら幕府とつながって動きが活発になっていることぐらいは、うちみたいなもんでも耳に入ってきとります。

確かに、ここ一年ほどは、二月《ふたつき》に一度は京の薩摩のお屋敷に来てはって、帰り際に店に来てくれはったのが、うちとの馴れ初めです。島津家中の定宿といえば、この近くに寺田屋《てらだ》がありますが、どうしたことかあそこには泊まってはらへんかったんです。

最初はよう喋《しゃべ》る男やなぁぐらいにしか思てへんかったし、惚れるなんて、とんでもない。

そやけど向こうは、こんないい女と出会ったのははじめてだ。京はすごいところだなんて、言うてくれはりました。薩摩には、あんたみたいな粋な女はいないと、とにかく言葉を尽くしてくれる男やったんですよ。いい女だ、いい女だ、ってね。京の女はいい、って、何度も何度も褒めてくれはるんです。

ほんまはうちは若狭《わかさ》の生まれで、生粋の京おんなと違うんやけど……ね。

もちろん本気になんぞしとりませんでした。うちはこれでも、十年近くは廓で男の相手をしてる女や。お愛想を言うてくる男なんて、くさるほどおった。女の機嫌を買うために、なんぼでも男は嘘を吐く――それは女かて、同じやさかいな。

そして、うぶなおぼこ娘が、そんなその場しのぎの中身のない言葉を本気で受け取って泣くところも、嫌になるぐらい見てきたはずや。こんなところにおったら、男に期待なんてできひんようになる。

男は、倉橋三之助《くらはしさんのすけ》、と名乗っておられました。うちと同じぐらいの年のはずやけど、ひとりものやて。早ように奥さんと死に別れたみたいで、可哀そうやなぁとは思うてたんです。

そやからうちを後添いにって、言うてくれたんですわ。他の男と寝て欲しない、とも。

もちろん最初は、できひんことを言うて、からこうたらあかんよって、かわしてたんです。お侍さんが、うちみたいなとうの立った廓の女を、家にいれるわけがないことぐらい、わかってますやん。そやけど後添いとまではならないでも、近くに置いて面倒を見てもらえるぐらいはええのんとちゃうかなんて期待してしまうほど、熱心に口説いてくれはった。お前と一緒になれないなら、死んでやるまで言われたら、心も揺れ動きます。

とはいえ年季も残ってるし、うちも簡単にここを離れられへん。それを話すと、「心配するな。お前を身請けするぐらいの余裕はある」と答えられて……そやからうちも、夢を見てしもた。

やっぱり女て、惚れられると情にほだされるもんやろ。

それでもやっぱり、男に騙《だま》される女を、うちはたくさん見て来たさかい、慎重にもなります。

うちも今まで惚れたから一緒に逃げようなんて言われたことは、何度もあったんです。でも、そういう男は、次第に来《こ》うへんようになる。うちの関心を惹《ひ》きたいだけや、ほんまはうちのことを好きやからってわけでもないさかいね。

こんな生業《なりわい》をしてたら、最初からうちらのことを同じ人間扱いしてくれへん、嫌な言葉を投げかけてくる男かて、たくさんおります。見下して、バカにしてねぇ
……そやったらなんで女を買いにくるんやちゅう話やけどな。

とにもかくにも、男はあほで、どうしようもない……と、わかってはおるけれど、男がおらへんとうちらの商売は成り立たへん。

話がそれて堪忍な。とにかく、いつのまにか、うちのほうも三之助さまに惚れてしもたんや。来《け》えへんと寂しいって、心を持っていかれてしもた。

たぶん、うちももう若《わ》こうない、昔ほど客は取れへん、この先、どうするんやろうって年になって弱気になってるんかもしれん。

年季が明けた頃に、外の世界に放り出されても、嫁にもらってくれる人なんかおらへんかもしれん。

いつのまにか、もううちみたいな女に惚れてくれるのは、この人しかおらへんて、思てしもたんや。

そやからうちは三之助さまと契りを結びました。

薩摩で、夫婦になると。

うちがあんさんの後添いになってもええよと言うと、そら大喜びしてくれて……嬉《うれ》しかったわぁ。

うちが足を洗うためのお金を用意するから、待っててくれ、必ず迎えに来るから……そういうて薩摩に帰ったのが、雪の降った日の前です。

それから便りもあらへん。

これが最後の恋やと思てたさかい、うちもつろうてつろうて悲しゅうてたまらんのです。そやけど待つしかできひんやろ。うちのほうから便りもできひん。どこに住んではるかわからへんのやもん。

それでも容赦のう、客を取らなあかん商売です。今までは、どんな男と寝ようとも、平気やったんです。ただ手練手管で男を悦《よろこ》ばせられたらええんやって、わりきってたつもりやったから。それやのに他の男にふれられとうなくなってしもた。

もちろん、そんなこと言うてるわけにはいかへんさかい、我慢して客を取ってはいますが、それがつらいんよ。

うちはそれまで神頼みなんかしたことあらへんかったし、仏さまに手を合わせたこともなかった。親に廓に売られたときから、誰もうちのことなんて救ってくれへんて思てたから。

そやけど縋《すが》るものが欲しゅうなってしもて弁天さまに手を合わせてたら、お由井さんにどうしたんやって声をかけられて……ついつい、泣きながら話してしもた。あの人に何があったか、わからへん。心変わりしたんやったら、しょうがあらへん。

でも、せめて、うちの気持ちを三之助さまに伝えたい。

うちは自分では文を書けへんので、それがひどくもどかしゅうて。

そう口にすると、お絹は手ぬぐいを取り出し、目に当てた。

目が赤くなって、鼻をすすりだす。

「ええ年の、身を売る女が、男に本気になるなんて、みっともないことやって、わかっとります。お恥ずかしい。真魚ちゃん、堪忍してや」

そうお絹がいうので、真魚は思わず、「そんなことあらへんよ」と、口にしてしまった。

「お絹さんの気持ちがわかるなんて言えへんけど、みっともないなんて、絶対に思わへんから」

真魚がそう言うと、お絹は、「おおきに」と、御礼を口にした。

やはりその目は、真っ赤だった。

真魚が、琴のほうをちらりと見ると、琴はじっと真魚の目を見て、頷いた。

琴の目は冷たい光を宿して、じっとお絹をまっすぐ見つめている。

目の部分以外は隠しているので、射るようなまなざしが際立って見えた。

「お絹さん。懸想文売りさまが、さきほど聞いたお絹さんの気持ちを、文にしてくれはります。そしてなんとか三之助さまに届けます」

真魚がそう言うと、お絹は耐えきれずといった風情で、声を出して泣き始めた。

大人の女も、このように大泣きするのだと、真魚ははじめて知った。憐《あわ》れで、胸が締め付けられたが、琴は動揺した様子もなく、じっとお絹がむせび泣く様を見つめていた。

　こんなに泣いているのに、お琴さんは何とも思わないのだろうか――それが真魚は不思議だった。

「書けました」

　と、その夜には琴はお由井に巻かれた紙を渡した。

「え、もう書いたん⁉」

　お由井もだが、真魚も驚いた。

「さすがお琴さんやねぇ。あんたは本当に女なのが、もったいないわ……男やったら、寺子屋の師匠になれたかもねぇ……ちょうど佐助さんが明日にでも旅に出るはずやから行きしなにでも薩摩にもっていってもらうわ」

「うまく、三之助さまて人に、手渡されるとええのに」

　と、真魚は言った。

「そやけど……手渡したからこそ、酷なことになるかもしれんのやで。お絹さんかて、わかってはるやろうけれどな」

お由井は眉をひそめて、そう口にした。

その「酷なこと」の意味は、真魚にはわからないけれど、なんとなく聞くのを憚《はばか》られた。

「お琴さん、おつかれさんやで、おおきにな」

お由井が琴に頭を下げると、琴は笑みを見せた。

真魚が初めて見る、憑《つ》き物が落ちたような晴れやかな笑みだった。


翌日、琴が書いた文を手に佐助が京を発った。

佐助が戻ってきたのは、ひとつきになるであろう頃で、啓蟄《けいちつ》も過ぎていた。

もう春もたけなわで、伏見を行きかう人も増えている。

「ようお戻りやす。佐助さん、どうやった？」

お由井が聞くと、佐助は困ったような表情を浮かべる。

「なんとか探し当てたんやけど……簡単な話ではおまへんし、どないしまひょか。

わたいの口から直接わけをお絹さんにお話ししたほうがよろしいやろか」

「そやったら、明日にでもお絹さんを呼ぶさかい、佐助さんも来とくれ。疲れたやろ、今日はゆっくりお休みや」

「へい」

そう言って、佐助は家に帰っていった。

その様子を真魚は見て、何があったのだろうかと気になって、その夜はなかなか眠ることができなかった。

翌日、離れの四畳半の間に、お絹、佐助、真魚、お由井、そして懸想文売りの格好をして顔を隠した琴が膝を突き合わせていた。

お絹は心配そうな表情を浮かべて、佐助はやはり困った様子を隠せないようだ。

「佐助さん、この度は、うちの我儘《わがまま》で、薩摩まで手紙を届けてくださって、ありがとうございます。覚悟はできとります。あの人が、どう言うてはったんか、教えておくれやす」

へぇ……と、佐助は口を開いた。

「とりあえず、薩摩に入り、倉橋三之助というお侍さんを探しました。わたいのお得意さまには、薩摩藩の偉い方もいらっしゃいますから、聞いてもみました。結論から言いますと、薩摩のお侍さんに、『倉橋三之助』という方は、いはらへんかったんです」

佐助がそう言ったので、真魚は目を見開いた。

どういうことだろう？　嘘の名前を名乗っていたのか？

真魚は戸惑っていたが、琴のほうを見ると、すべて承知しているとばかりに、微動だにせず無表情で聞いている。

「それでまあ、時間はかかってしもたけど、京と行き来しているそういう名の男を知らへんか、聞いてまわったんです。そうしたら、薬屋のせがれで、三太郎《さんたろう》という男がいて、京に薬を売りに行っていたと……。聞いとった身なりや背格好も同じでした。そやけど放蕩《ほうとう》息子で実家からは勘当されてると聞いたんです。とりあえず、その男の家に行ってみたら……女の人がいはりました」

お由井は、大きく息を吐き、お絹は表情を硬くする。

佐助も話し続けるのをためらっているようで、目の前のお茶をごくりと飲んだ。

「佐助さん、うちはなんでも受け入れるから、話しとくれ」

お絹が強い口調で、そう言うと、佐助は「へい」と返事をして、再び口を開く。

「女の人は、なんや疲れてはる様子やったんです。目には隈《くま》ができて、髪も急いで整えたのか乱れていて、顔色もようなかった。こちらに薬屋の三之助さま……いや、三太郎さんはいらっしゃいますかと問いますと、『うちの亭主がまた何かしましたか』って口にされましてね……」

佐助は話し続ける。

でも、申し訳ないことですが、亭主はもうおりませんて、頭を下げられました。どこかにまた薬を売りに行ってしもたんやろうかと思っとったんですが、『死にました』って……。

それが、つい最近のことで、やっと葬式やらが落ち着いたところやったらしいんですよ。なんでも、薬屋の放蕩息子で、実家に勘当されはしたけれど、母親の情けで小遣いはもらい続け、その金で遊びまわっとったらしいんです。しかもあの人は、子どもの頃からお侍さんに憧れていたからと、侍だといつわっていたらしいんです

——と、お内儀《かみ》さんは話してくれました。

そもそも勘当されたのも、薬屋なんてやってられるか、俺は侍になると言うてい て、父親を怒らせたのもあるらしいです。侍になりたいからというても、剣術など をしたこともなかったそうですが。商人が侍になれるわけがないのに、なりとうて しょうがなかったようです。

なんで亡くなったのかと問うてみましたところ、薩摩の侍と偽って、あちこちで 女の人をたぶらかしたり、実家のつけで呑み歩いていたのが、それこそお侍さんの 耳に入ったそうです。薩摩というところは、ことより体面を気にするらしく……い や、それは京も同じや。

奉行所にしょっぴかれたそうやけど、お願いですから牢屋《ろうや》に入りとないと、三之 助さまは泣いて頼んで……そうしたら、お奉行さまが、「お前、そんなに侍になり たかったのか。今からでも、侍にしてやろうか」と、おっしゃったそうです。三之 助さまは、喜んで、「へい、侍になりとうございます」と言ったが……。

「侍として死ぬがいい。切腹することを許してやろう」と……。結局のところ、牢 屋に入る前に、その場で腹を切るように詰められたらしいです。

けれど三之助という男は、「侍としていさぎよく死にましょう」と、躊躇《ためら》わず腹を切りました。「自らを侍と言い張り、世をたばかった者」としてその首は晒《さら》されたようですよ。

どうも、お内儀さんが言うのには、三之助さまは、手を出したらあかん人と、いい仲になってたようです。……さる身分の高い方の、後家さんに。

それが何より、許されなかったそうです。

そういったことで、お内儀さんに、こちらの事情も話すしかありませんでした。

「申し訳ないことをしました」と、謝っておられました。「嘘吐きで、カッコつけで、どうしようもない男でした。でも、どこか可愛げがあって、女を惹きつけるんですよ、あの人は」って、口にするときのお内儀さんは、少し悲しげで、気の毒にもなりました。けれど、惚れてたんやろうなというのもわかりました。

まあ、そんなこんなで……せっかく京から持ってきた文をどうしようかと考えていたところ、お内儀さんが、亭主の代わりに私が預かるって言うてくれはりましてね。どうしたらいいもんか悩みましたが、当人が亡くなっているんで、仏壇にでも供えてくれませんかと、渡しました。

そのとき、あんたどこに泊まってるんだい。うちの部屋が空いているから、宿にしなとすすめてくれて……少しお世話になることにしたんです。子どもが三人いて、みんな可愛い女の子で、その子にって、わたいが売り歩いている西陣の小物も買うてくれたんです。宿代の代わりにただでええと言うたんやけど、聞いてくれしません。

そういったわけでしばらく妙な縁で、その家の世話になり薩摩の飯も食わせてもろうて、これがまたうもうて……いや、それはともかく。

わたいが京に戻るとき、お内儀さんから、「これ、お絹さんに渡しておくれ」って、「亭主の代わりに……」と、預かってきました。

そう言って、佐助は見るからに重みのある袋をお絹の目の前に置いた。

お内儀さんは、こう言うてはりました。

「亭主の実家の薬屋から香典替わりにもらってきたんだよ。足りないかもしれないけれど、このお金で、お絹さんが自由になってくれたら、私も申し訳が立つ。だって、あの人、お絹さんと一緒になる約束をしてたんだろ。私も他の女には、ここまでしないけど、お絹さんからの文を読んで、これほどまでにまっすぐに亭主を想《おも》ってくれたんだと思うと、涙が出てきたよ。あの人が捕まったときも、死んだときも、泣かなかったのに……正直、清々したぐらいに思っていたんだ。さんざん嫌な目にあったもの。本当にどうしようもない男で……でも、そんな亭主にも、これだけ慕ってくれた人がいたんだと思うと、何かしてあげたくてね。亭主の実家は腐るほど金があるから、いいんだよ。持っていっておくれ」と……。

そう強う言われたら、わたいもそれ以上、何も言えず受け取るしかありませんでした。長いことおおきにお世話になりました言うて、薩摩をあとにしたんです。

お内儀さん、お絹さんに、御礼を伝えてくれと、言うてはりました。あんな男を、真剣に思ってくれて、ありがとうございます。間違いなく地獄に堕《お》ちていると思っていたけれど、お絹さんのおかげで、どうやらそうでもなさそうです——と。お絹さんは、地獄の仏さまみたいだ、亭主を救ってくださった。そう言うて、仏壇に手を合わせられて、わたいも線香をあげさせてもらいました。お絹さんの代わりに。

最後、いい文に、心を打たれました、って伝えてくれと言われました。

それで、わたいも気になって、どんなことが書かれていたんですかって、聞いてしもたんです。

そしたらお内儀さんが、少しだけだよと、読んでくださってね。

「恋ひ恋ひて、会えぬときだに美しきという古い歌を、今、あなたを想いながら、噛《か》みしめております。薩摩のお侍さんならではの、あなたのたくましい言葉や腕を想い、会えぬ夜を切なく過ごしています。けれど、会えないからこそ、恋ひ恋ひて想いがつのり、私の魂は身体《からだ》を離れ、この手紙に綴《つづ》る言葉と共に、あなたに会いにいくことを考えると、喜びで震えます。

私は川に浮かぶ花びらになりたい。宇治川から、淀《よど》川へ、そして浪速《なにわ》の海から、あなたの御国に流れ着き、会いたい。他の男に拾われるぐらいなら、川の底に沈んで魚の餌となりましょう。私は、あなただけに、会いたくて会いたくて、恋しい――」

お内儀さんは、そこまで手紙を読んで、頬を染めて、ふぅっと息を吐かれました。

「こんな文を書くなんて、お絹さんて、さぞかし素敵な方なんでしょうね。亭主は幸せものです」

と、おっしゃったんです。

お絹は困惑した表情を浮かべていたが、お由井が、「受け取ってあげなあかん」と、袋をお絹の手に握らせる。

「亭主を亡くして、子どもを抱えて、間違いなくつらい想いしてはるんよ。それでもお絹ちゃんが男を想う気持ちに打たれて、助けてくれようとしてくれはるんやないか。あんたも女やったら、その気持ちを大事にしてあげな」

お由井がそう言うと、お絹は目を真っ赤にして、「おおきにありがとうございます」と、銭の入った袋を握りしめながら、頭を下げ、泣き出した。

真魚と琴は宇治川派流沿いを歩いていた。

桜は散り際だった。暖かく、過ごしやすくて、普段、滅多に外に出ない琴も、「外の空気を吸いたい」と言うので、ふたりで出てきたのだ。

お絹が最後に四畳半の間に来て、佐助から銭を受け取ってから、ひとつきが経っていた。

宇治川派流沿いの桜は、散りつつあったが、落ちた花びらがぽつりぽつりと川面に浮いている。

「人が増えたね」

「世の中が動いているのでしょう。この国は、間もなく開かれようとしているのです」

「開くって、どういうことなん？」

「徳川三百年、幕府はよその国と交わらず、それでこの国は守られてもいました。だけど、浦賀にメリケンの船が来て、もうこのままではいられなくなりました。しかし、幕府の対応は弱腰で、弱みを見せると、そこにつけこむ者があらわれます。いずれ――」

そこで琴は言葉を止めた。

目の前には長建寺があった。

お絹が以前、三之助からの便りがないと嘆いてお詣りに来ていた寺だ。

「お詣りしていきましょう」と、琴は言った。

ふたりは竜宮を模した門をくぐり、弁天さまが祀られるお堂に手を合わせる。

「お絹さんは救われて……お琴さんの文のおかげや」

真魚はどこか得意げに、言った。

「そんなこともないです。たまたま三之助さまのお内儀さんが、心意気のある人だったってだけの話です。それに——」

琴はそこで言葉を止めた。

ふと、真魚は、最初にお絹さんの話を聞いたとき、懸想文売りに扮《ふん》した琴が、冷たい目でじっとお絹さんを見ていたことを思い出した。

何故《なぜ》あんな目をしていたのだろう。

「それにしても、お絹さん、どうしてるんでしょうね」

琴は話を変えるように、そう口にした。

あれから、お絹がどうしているのか、お由井も何も言わない。

あんなにも三之助さまのことを想っていたのだから、まだ悲しみも癒えてはいないだろうが、いつか元気になってくれるといい——真魚は心から、そう思っていた。

宇治川派流沿いをしばらく歩いたあと「もうすぐ季節が変わって売られなくなりますから」と琴が言うので、桜餅を買って、月待屋に戻る。

帰りすがら、琴に「江戸の桜餅と、西の桜餅は違うんですよ」とその違いを語られて、真魚はまた感心していた。

ふたりが玄関をあけると、「ほなあたしはここでお暇《いとま》するわ」と、初老の女が出ていくところだった。

「それにしても、お絹はたいした女やわ」と、初老の女は、大きく息を吐いて、出ていく。

琴と真魚が菓子の包みをお由井に渡すと、「さっきの人は、お絹さんの面倒を見てはった置屋の女将や。あら、桜餅、美味《おい》しそうやねぇ、さっそくいただこうや、真魚、お茶を淹《い》れといで。離れでいただくとするかいな」と、お由井が言う。

離れに面した庭には梅の木と並んで、一本の桜があった。遅咲きの桜なのでまだ花が残っている。

「年やから仕方がないんやけど、食べたら食べただけ肉がついてまうんや。それでも甘いもんはやめられへん。お琴さんは、ほっそりしてて、羨ましいわ」

そう言って、離れの障子をあけて庭を眺めながら、お由井が桜餅にかぶりつく。

「お絹さんは、あれからどうされているのですか」

琴が口を開いた。

「そうそう、三之助ってどうしようもない男のお内儀さんから足を洗ってくれって、銭をもらわはって、あの世界から身を引いたって思うやろ。ところが、どうやらさっき来た女将によると、どうも大坂の堺《さかい》の商人の後添いになったって話や」

真魚は、目をまるくした。

三之助さまが恋しいと泣いていたのは、つい最近の話だ。

他の男にふれられたくない、とも言っていたじゃないか。

「相手の男はもう六十を過ぎてて客として何度か来てたらしいねんけど……ずいぶん前から後添いになる約束もしてたんやて」

「どういうことなん？」

真魚が首を傾《かし》げると、琴が口を開いた。

「つまりお絹さんは、三之助さまとも、その堺の商人とも、後添いになる約束をされていたのですね。けれど侍のほうから便りが来なくなってしまった。それならば商人との約束を優先させればいいけれど、相手は侍だと名乗っているし、もしあとになって、裏切者と責められたら面倒だ。だから三之助さまの消息を知りたかったので、私に文を書かせた……と」

琴は驚いた様子も見せず、そう言った。

「それやったら、ただ生きてるかどうか確かめるだけやったらあかんの？　わざわざ恋文を書いてもらわんでもええやん」

真魚はそう口にする。

「気持ちは三之助さまのほうにあったのかもしれませんね。お内儀さんも惚れこんでたようだし、いい男であるのは間違いないし、あわよくば武士の妻になれるかもしれないという計算はあったでしょう。三之助さまが死んでいたというのは、一番、お絹さんにとって都合がよかったのかもしれません」

それは三之助さまが気の毒じゃないかと真魚は口にしかけたが、もともと三之助もひとり身だと嘘を吐いてお絹さんを騙していたことを思い出し言葉を留《とど》める。

「置屋の女将のいうには、お絹さんは昔から、客の気を惹くのが上手《うま》い女やって。おそらく、一緒になる約束をしてた男は、実はもっとおるんやないかって女将が言ってはった」

そういってお由井は、お茶を飲み干したあと、

「お琴さんは、最初から、わかってたんと違うの？」

そう口にするので、真魚は驚いた。

「すべて察していたというわけではありませんが……お絹さんは、泣いて同情を引くのに慣れてる方だとは思いました。目を赤らめて涙をためて、そして大泣きする……絶妙でした、お芝居のようだ。けれど、あの方、私の目を見ませんでした。私はずっとあの人の目から目を逸《そ》らさなかったんですけれどもね。どんなに嘘が上手でも、ほとんどの人間はうしろめたさを抱いています。私は、あの懸想文売りの扮装をして、目だけ出していました。唯一、人の心の内をはかれるはずの目を、あの人は絶対に見なかった。だからこの人は、本当のことをすべて言わないだろうなとはわかっていました。そしてついでに申しますと、あの三之助という男も、侍ではないと話を聞いてわかっていました。本当に『大事な使命』を持った侍が、女に得意げに話さないでしょう。そのように口の軽い男に、大事を任せる藩などありませんよ。しかも今、薩摩藩は動きが活発だ。面倒なことになりそうな男を使うはずがない。一歩間違えば藩の足を引っ張りかねないので、さっさと始末したのでしょう」

琴がそう言うので、真魚はあのとき、泣いたお絹に向けた、琴の冷たく静かな眼《まな》差《ざ》しを思い出した。

「さすがお琴さんやね。でもね、女はそれぐらいしたたかなほうがええと思てるんよ。ひとりの男に本気になって騙されるよりも――。私はあの娘《こ》が幸せになってくれたらね、なんでもええんや。女は幸せになるために、全部、水に流してしまえばええんや、都合の悪いことなんて、全部」

そう言って、お由井はどこか悲しげな笑みを浮かべた。

「それにしても、なんでそこまで侍になりたかったんやろ」

真魚が口にする。

「人間は偉くなりたいんですよ、特に男は。いいや、女だって偉くなりたい人はたくさんいますね。人は弱いから、自分を守るものが欲しいのです。それにしたって、これからの世、いつまでも侍が偉いわけではないでしょうに。すべて儚《はかな》いものであるのに、それに縋らずには人は生きていられない」

琴はまるで独り言のように、そうつぶやいた。

風が吹き、庭の桜の花びらが、ちらほらと舞い落ちる。

「桜はこんな儚い一瞬だけの夢のようなものなのに、それでも人は古来から歌にして、その美しさをたたえ続けてきました。そんなものなのかもしれない。人の世も、命も」

琴は、そう言葉をつづけながら、名残りの桜を眺めていた。

第二章　母恋ひし人

雨か――少し外に出ただけなのに、急に雨が降り出したので、真魚は宇治川派流沿いの長建寺に駆け込み、雨宿りをしていた。

「月待屋」へは、橋を渡るとすぐではあるが、雨の勢いが強くなったからだ。

自分が濡れるのは構わないが、お由井に頼まれて買ってきた乾物が濡れたり湿ったりしたら困る。雨雲から降り注ぐ雨を眺めながら、真魚は思った。

早足で歩いてきたので、額には汗もにじみ出ている。

お堂のほうを見ると、弁天さまに手を合わせている女の人がいた。

ずっと、こうべを垂れたまま、何やら祈っているようだ。

その人が、ふと振り返り、そこでやっと大雨に気づいたかのように、はっとした表情をして、真魚のいる軒先に駆け込んできた。

先客である真魚を見て、頭を下げる。

この辺りでは見たことのない顔だ。年は若い。自分より少し上ぐらいだろうか。丸い顔と、大きな眼をしていて、身体《からだ》は少しばかりふっくらしている。

「よう降らはりますなぁ」

女ふたり、黙ってそばにいるのもなんだなと、真魚は女に喋《しゃべ》りかけた。

「朝は晴れてたから、傘を持ってきてへんのです。まさかこないに降るとは……どうしたらええもんやろか」

と、女は困った顔を見せる。

「遠くから、来はったんですか」

真魚が聞くと、女は「西院《さいいん》のほうです」と答えた。

西院なら、女の足で帰ると、そこそこ時間はかかるだろう。

わざわざ、この伏見の寺にお参りに来たのだろうか。

それ以上、話すこともなくふたりで黙って雨を眺めていたら、少しだけましになったように思えた。けれど、また、いつ本降りになるかもわからない。

それでも、どうせ家はすぐそこだからと、真魚は乾物を抱いて走って帰ろうかと考えていたところ、長建寺の門をくぐってきた、番傘が見えた。

「真魚ちゃん」

琴が顔を出して、手にした傘を差しだす。

「お由井さんから頼まれて迎えに来ました。急に雨が降って来たから、たぶん近くで雨宿りしているだろうって。おそらく長建寺さんぐらいだと思ったら、大当たりだ」

そう言って、琴は手にしていた傘を、真魚に差し出した。

真魚はちらりと、隣にいる女を見る。

「あの、まだしばらく降り続けるかもしれへんし、もしよろしかったら、うちでお休みになりませんか。すぐねきの月待屋という旅籠です」

真魚がそう口にすると、女は驚いた表情を見せる。

「月待屋さん……」

「はい、橋を渡ってすぐです。今日はお客さんも少ないと母が言うてましたんで、お部屋も空いとりますから、雨宿りにお使いください。遠慮なさらずに」

女は戸惑った様子を見せたが、「おおきに、ありがとうございます。お言葉に甘えてもよろしいやろか」と、頭を下げた。

真魚は女に傘を渡し、自分は琴と相合傘をして、長建寺を出た。

ひとときだけ止《や》みそうな気配を見せた雨は、三人が月待屋にたどり着いた瞬間、再び激しくなっていく。

女は、「お波《なみ》」と、名乗った。

西院の乾物屋で奉公をしていると話してくれた。

それじゃあ私は、乾物を買いに行った帰りに、乾物屋の人とばったり会ったんだ、なんだか乾物に縁がある日だと、真魚はおかしくなった。

お由井も、「身体が冷えてはるやろ。今すぐお茶をご用意しますから、ゆっくりしておくれやす」と、囲炉裏のある部屋にお波を迎えてくれた。

琴は珍しく、すぐに自分の部屋がある離れに引っ込まず、真魚の隣に座っていた。

「ちょうど、いただいた柏餅《かしわもち》が余ってるんで、遠慮なくおあがりやす」

と、お由井が皿に乗せた柏餅を、持ってくる。

「えらいすんまへん……」と、お波は口にしながらも、空腹だったのか、柏餅を食べて、美味しそうに眼を細めている。

「雨が、止まへん。さっきよりひどなっとるさかい、ええときに帰ってきはったんかもしれまへん」

お由井が外の様子を眺めながら、そう言った。

「あの」

柏餅を食べ終えたお波が、遠慮がちに口を開く。

「このように親切にしてもろて……不躾《ぶしつけ》なことを伺いますが、こちらに、たいそう人の心を打つ文を書く方がいはるて耳にしてますねんけど」

お波の言葉に、真魚とお由井は目を合わせた。

琴だけは、何事もなかったように、表情を変えず、お茶を飲んでいる。

「お波さん、その話を、どこで聞かはったん？」

真魚が問うた。

「乾物屋の女将さんが、噂《うわさ》好きで……そやから出入りしている者たちが、いろんな話を持ってきはります。伏見の月待屋の懸想文売りの話も耳にしました」

まだ、「懸想文」の仕事をしたのは一度だけだというのに、そんなところまで話が届いているのだと、真魚は驚いた。

あとになって知ったのだが、堺の商人のもとに後添いに入ったお絹が、店を訪れる者たちに「月待屋の懸想文売り」の話をして、そこから広まったようだった。

「表立ってされているのではないとも聞いとります。そやけど気になってて……うちは既に親もおらん、きょうだいもはなからいいひん奉公人の分際で、払えるお代もあらへんのです……」

お波が顔を伏せた。

「お波さん、誰か、文を届けたい人がいはんの？」

と、お由井がすかさず口にすると、お波が顔をあげる。

その目には涙が溜《た》まっていた。

「あんたの、ええ人なんか？」

「いいえ、違います。母……です。そやから恋文ではないんです」

「お母はん？　そうかて、あんた、さっき親もおらずって」

「母はうちを生んでまもない頃に家を出て、うちは父が男手ひとつで育てた子です。母には捨てられました。母は、他に男ができたから家を出たんやと父に聞かされて……そやけど」

そこでお波は、顔を伏せて、しゃくりあげる。

「すんまへん……」

涙で言葉が続かない様子なので、真魚は手ぬぐいを手渡した。

「真魚ちゃん、これは改めて、懸想文売りさまの前で、話を聞いたほうがいいですね」

懸想文売りの正体は、実は琴なのだが、琴自身がしれっとそう口にする。

「でも……お願いしとうても、お代が……」

しぼりだすようにお波がそう言うと、琴が「懸想文売りさまは、決して商売のためにやっているのではなく、人助けです。そうだ、お代として、売りものにならない乾物でもいただいたら、お由井さんが喜びます。ただ、懸想文売りさまは、いつでもこの家にいらっしゃるわけではないので、改めて日を決めて、落ち着いてゆっくり話したほうがいいでしょう」

琴が静かな声で、そう言うと、お波は「おおきにありがとうございます」と、再び泣き出した。

雨が止んだのは、それから一刻ほどした頃だった。

今日は休みはもらっているけれど、あまり暗くなる前に帰らねばと、お波が月待屋を出る。

途中、また雨が降ってはいけないからと、お由井がお波に傘を持っていかせた。ありがとうございますと、何度も頭を下げて、お波は去っていった。

「えらい乗り気やん、お琴さん。まさか懸想文売り、二度目があるなんて思ってもみぃひんかったわ。それもお琴さん自ら引き受けるとはびっくりしたやんか」

夕餉《ゆうげ》までに読みたい本があると、琴が離れに戻っていったあと、台所で炊事をしながら、お由井は真魚にそう言った。

真魚もお由井と同じことを思っていた。

あの物静かで家からでない琴が、どこか楽しげにお波さんの願いを聞き入れたのは意外だった。

「そやけどええことかもしれん。私が思いつきでお琴さんにやってもらった懸想文売り、本人もまんざらやなかったみたいや。お琴さんがさっき言うてはったように、人助けにもなるし、お琴さんが元気になるんやったら、私は手助けする」

お由井までなんだか、楽しそうだった。

確かに、琴は、じっと部屋に閉じこもって書物を読んでいるだけでは、もったいない人だと、真魚も思っている。


あの雨の日から十日後、お波が月待屋にやってきた。

先日とうってかわってよく晴れわたった日で、心なしか人通りも多く賑《にぎ》やかだ。

「これ、おおきにありがとうございます。助かりました」と、あの日に借りた番傘を、お波はお由井に返し、深く頭を下げた。

「それと、月待屋さんに雨宿りさせてもろたと話すと、女将さんが御礼にってもたせてくれたんです」と、風呂敷に包んだ乾物を差し出した。

「まあ、こんなに……しかもええもんばかりやないの。なんやこちらこそ申し訳ない。売りものにならへんようなんでよかったのに……女将さんには、よろしゅう伝えとくれやす」

お由井はそう言って、真魚のほうを見る。

真魚は「お波さん、懸想文売りさまがお待ちです。どうぞ離れにおこしやす」と、お波を導いた。

緊張しているのか、お波の顔は少しこわばっている。

四畳半の間の床の間には、菖蒲《しょうぶ》が一輪飾ってあった。これは朝方、お由井に命じられて真魚が採りにいったものだ。

部屋にはすでに懸想文売りに扮した琴が座っていた。

顔を隠しているので、先日の雨の日に月待屋にいた女だとは、お波も気づかないであろう。

床の間を背に琴、その隣に真魚、向かい合う形で、お波が座る。

障子が開き、お由井がお茶と羊羹を持ってきた。

「よろしゅうおあがりやす」と、真魚が声をかけると、お波が口に羊羹を運ぶ。

「美味しい……先日の柏餅といい、月待屋さんのお菓子は、上等な味がします」

と、少し緊張を解きほぐされたかのような表情で、お波が言った。

「近所に、秀吉公に献上した羊羹を作ってたっていう美味しい店があって、いつもそこで買うんです」

真魚がそう言うと、初めてお波が笑顔になった。

いろいろわけがあるんだろうけれど、きっと本当は根っこの明るい娘さんなんじないかと、真魚は思った。

年も近そうだし、なんだか親しみも感じてはいた。

ふたりが羊羹を食べ終わる頃合いを見て、懸想文売りに扮した琴が、隣に置いていた桐箱から香を取り出し、火をともす。

今日の香も、前のとは違う。木をいぶしたような匂いだ。

お波がふと、眉を顰《ひそ》め口をふさぐ仕草をしたが、すぐにまっすぐ顔をあげ手も戻した。

真魚は大きく吸い込んだあと、口を開き、口上を述べる。

「こちらにいらっしゃる懸想文売りさまは、さるやんごとなき身分の高い方のご落胤で、事情があり世に身を潜めて暮らしておられますので、顔を隠し声も隠すのはご容赦ください。さて、どうぞ、遠慮なくお話しください」

お波も真魚と同じように、大きく息を吸い込んだあと、意を決したかのように言葉を発した。

「うちの生まれは、大徳寺《だいとくじ》の近く、紫野《むらさきの》です。父は古着を扱こうとりました。買い取った古着を繕うてたのが、母やったそうです。そやけどうちは、母の顔を知らんのです。母は、うちがまだ物心もつかへんときにおらんようになったんやと父に聞かされとります。家から出ていったのは、他に男を作ったんや、とも。『幼いお前を捨てるなんてひどい女やと、追いかける気にもならへんかった』と、父に言うてきかされ続けました。母は、その男と一緒になり、所帯を持っているのだとも聞いとりました。子どももおるんやと……」

そこで一度、お波は言葉を止めて、大きく息を吐き、再び口を開く。

「『お波、捨てられたお前が気の毒で、たまらんのや』と、父は涙を浮かべて何度もうちにそう言いました。母が出ていったあと、父は真面目な働き者で、うちを一所懸命育ててくれて、感謝しとります。母が出ていったあと、後添いをすすめる人がおっても、うちがおるから、なさぬ仲でお波に苦労させたくないと断って、ひとりでうちを大きゅうしてくれた、ええ父でしたし、ずいぶんと可愛がられたとは思います。そやけど五年ほど前、胃を悪くして亡くなってしまいました。その頃には、うちはもう、今お世話になっている店に奉公に上がっとったんですが、父の葬儀の際も、お店のご主人と女将さんにはずいぶんとようしてもらいました。亡くなる前は、もう長《なご》うないとわかってたので、奉公を休ませてもろて父の看病をさせてもらうこともできました。そのとき、亡くなる前の父と話して、うちを産んだ母親が、上鳥羽《かみとば》にいることを知ったんです。ずっと、どこにいるのかわからへんと言われとったんですが、それはうちが自分から離れて母親のもとに行ってしまうのが怖くて黙ってたんやと父は謝っとりました」

思い出したのか、お波は言葉を止めて、懐から手ぬぐいを出して目に当てる。

「……申し訳ございません。つい、母に捨てられた悔しさや悲しい気持ちを思い出してしもて……」

お波の涙が溢《あふ》れてきたのがわかった。

「お波さん、謝ることあらへん。悲しかったら、泣けばええんよ」

真魚はそう口にすると、なんだか自分も悲しくなって、目が潤んでくるのがわかった。

そういえば、自分は父親がいないのだ。普段、不満もなく、あまり気にしていなかったが……。父の顔も、知らない。それこそ物心ついたときから、母親とふたりだった。父は「死んだ」とだけ聞いてはいるが、どこの誰だったか、どんな人だったかも、知らない。でも不満はなかった。母もだけど、人がたくさん出入りする旅籠で育ち、いろんな人に可愛がってもらって生きてきたからだ。

だから私もお波さんの気持ちがわかるよ――とは、言いにくかった。

自分は恵まれてきた。

それに、たぶん、母親がいないのと、父親がいないのでは、大きく違う。

お波はまだ目を赤くしていたが、きっと顔をあげて、懸想文売りに扮したお琴のほうを見た。

「懸想文売りさまに、もしもうちの願いを聞いていただけるんやったら……うちは母に文を届けたいんです。うちのこと捨てた母親に返事など期待してへんけど、父がどれだけ苦労をしたんか、うちがどれだけ寂しい想いをして生きてきたのか……そんな恨み言を、伝えてやりたいんです。もちろん、今、亭主と子どもと幸せに生きている母は、捨てた娘の恨み言なんて聞きとうもないやろうとは、百も承知です。

そやけどこのままやったら、父もうちも浮かばれへん……。これ以上、これから先、母を恨まへんためにも、どれだけ寂しかったかと……いえ、どうして血を分けた子を捨てたのか教えて欲しいんです。そうしないと、うちは……」

そこでお波は、わずかばかり残っていたお茶を飲み干す。

「懸想文とは恋文やそうですが、うちがお願いしているのは、娘から母への恨みの文です。そやから書けぬと断られても、仕方がありません。うちが自分で文を書こうか、いえ、直接会いに行こうかとずいぶんと考えもしました。そやけどいざ文を書こうと筆と紙を前にしても、言葉が出てきいひんのです。会う勇気も、お恥ずかしながらございません。女将から、月待屋さんの懸想文売りさまの話を聞いて、私の代わりに書いていただければ……とうっすら考えながらも勇気が出ず、弁天さまにお参りをしていたら、雨が降り、こうして思いがけず月待屋さんに導かれました。これも弁天さまのご縁かもと、お願いしたんです」

そう言って、お波は深く頭を下げた。

真魚は、まさか断りはしないだろうと、お琴のほうを見る。お琴は真魚をちらっと眺めて、うんうんと頷く。

「お波さん、顔をあげてください。懸想文売りさまが、引き受けてくださるそうです」

真魚がそう言うと、お波は顔をあげて、晴れやかな表情を見せた。

何度も御礼を告げて、お波は帰っていった。

四畳半の間に、お由井と真魚が、着替えを終えたお琴を待っており、その間に、真魚はお由井にお波の事情を話した。

「お波さんの母親って人は、確かにひどいことをしたかもしれへんけど、今は幸せに暮らしているんやさかい、招かれざる客になるのに間違いあらへん」

「お波さんは、それもじゅうぶんにわかってはるんちゃうの？」

「そやから懸想文売りさまにお願いしにきたんやろ。乾物たくさんもろたから、もちろんなんとかしてあげたいんやけど、どないしたもんか」

ふたりが話していると、琴が戻ってきた。

「その母親がどこにいるかは、見当つくん？」

真魚が聞くと、琴はなんてことはないといったふうに答える。

「上鳥羽で、仕立ての仕事をやっているらしいので、すぐわかるでしょう。佐助さんにまず聞いてみて、わからなければ探してもらえればありがたいのですが」

「そんなら佐助さんを早いうちに呼んどきます」

お由井はそう言った。

「まさか懸想文売りさまへのお願いが、向こうから飛び込んでくるとは私も思てへんかった。お琴さんには手間かけることになってしもたね」

「いえ、人助けでもありますから。私は少しでも月待屋さんに世話になっている御礼ができるんなら、ありがたいです」

そう言って、琴は涼やかに笑みを浮かべる。

お琴さんの笑みを見て、真魚はなんだか安心していた。

あの雨の日、自分がお波さんを月待屋に呼ぶことにより、やっかいな依頼を引き受けてしまったのかもしれないけれど、お琴さんが喜んでいるなら、よかったのだ。

「真魚ちゃんも、佐助さんと一緒に、行ってくださいな」

お由井に呼ばれて佐助が月待屋を訪れた際に、琴がそう言った。

「え？　うちも？」

「どうせ真魚ちゃんだって、もっといろんなこと知りたいでしょ。ね、いいですか、女将さん」

琴がお由井のほうを見てそう聞くと、お由井は「そやな。まあ、これも勉強や」と、苦笑いしているのが見えた。

確かに、琴の言う通りだった。もっと琴のために、自分も働きたかった。

「ひとりで行かせるんやったら心配するけど、佐助さんが一緒なら、安心や」

お由井はそう言って、佐助に「頼むよ」と、言い含める。

お琴さんはどうするのと聞くと、「私は別に行くところがあるんです、ちょっと御香宮神社《ごこうのみや》まで」と言って先に出ていった。

御香宮神社は、このあたりの産土神《うぶすながみ》で、秀吉の伏見城では鬼門の守護神だったという。

お波さんの母親は、上鳥羽で繕いの仕事をしていると聞いていたが、上鳥羽もそう広くないし、伏見から近いからだいたい土地の様子もわかる。近所の人に聞いたら、すぐに見当はつくだろうとお由井が言っていた。

佐助について真魚も上鳥羽へ向かう。

歩きながら、そういえば、こんなふうに佐助とふたりきりになるのははじめてかもしれないと、真魚は気づく。

佐助は背が低く、真魚と同じぐらいだ。きっと琴よりは小さい。

太っているわけではないけれど、ふっくらした顔で「福がある」と、喜ばれるそうで、それが商売する者としては武器になっているのだと、お由井が言っていた。

足の悪い母親とふたり暮らしで、所帯を持っている様子はない。年齢は、はっきりわからないが、お由井よりは若いはずだ。

お由井と佐助の母は、何やら昔から結びつきがあるらしいが、それにしても、こんなに月待屋のために動いているのは、きっとお由井に気があるからだと真魚は思っていた。

「ねぇ、佐助さん」

「なんや、真魚ちゃん」

「ひとつ聞いていい？」

「ええよ」

「佐助さんは、どうしてお嫁さんをもらわへんの？」

「一度、嫁はもらっとったんや。それこそお由井さんの口添えで。若《わこ》うて素直なええ子やった。そやけどうちの母親が足を悪《わろ》うしてしもて、今はもうだいぶ、自分のことは自分でできるようにはなったんやけれど、もともと気が強い人やさかい、嫁につろう当たったらしいんや。それでうちの母と折り合いがどうしようもないほど悪なって、出ていってしもた。ほら、わたいは遠くまで小物売りに行くやろう？京の小物は、京から離れたところほど珍しがってもらえて売れるさかい。そやから何日も家を空ける。その間、母親と嫁がふたりきりで、それがようなかったんや」

「佐助さんは、止めへんかったの？」

「わたいも若かったから男が女に頭を下げるのは、みっともないことやって思てたんや。それから、おふくろが生きてるうちは、もう二度と、嫁はもらわへんと決めた。また同じことになると、可哀そうやから」

「そうなんや」

そんな事情だとは、初めて知った。

お由井も話してくれなかった。そこはやはり、自分を「子ども」だと判断しているのだろうか。

ふたりで早足で歩いたせいか、早めに上鳥羽へ着いた。

「ここにはな、うちのお得意さんが住んではるから、そこで聞いてくるわ」

と言って、立派な構えの家の前で立ち止まる。

なんでも昔は西陣の呉服屋のお妾《めかけ》さんだったらしいが、呉服屋の主人が亡くなって、手切れ金と形見代わりにもらった金で、母親と暮らす家を建てたらしい。そのお妾さんが、佐助の売る小物を贔屓《ひいき》してくれるということだった。

「真魚ちゃん、ちょっとだけ待っといてな」

そう言って、佐助はその家に入っていった。

たいして時間も経たず、佐助が出てきて、「すぐにわかった。ありがたい」と、言った。

「聞いたら、繕いをして旦那や子どもと暮らしている人が、この近くにおるらしい。多江《たえ》という名前やと言うてはった。たぶんその人に間違いない。とても穏やかな、ええ人らしいで」

でも、子どもを捨てた女の人なんでしょと、言いたい気持ちを真魚は留める。

生まれたばかりの子どもを捨てて男と逃げる女が、ええ人なわけがないと、どうしても泣いていたお波さんの顔が浮かぶ。

その家も、すぐに見つかった。

繕い屋の小さな朱色の暖簾《のれん》が出ている。

「ごめんください」と、佐助が声をかけた。

「へぇ」

と、柔らかい声がする。

奥から、ふっくらした丸い顔の女の人が出てきた。

似てはいないが、この人が、お波さんを捨てた母親なんだろうか。

「お忙しいところ、申し訳ございません。わたいは伏見の旅籠、月待屋からの使いでやって参りました、佐助と申します。あと、このお嬢はんは……」

「月待屋の女将の娘の、真魚と申します」

そう言って、ふたりは頭を下げる。

「伏見の月待屋さんなら、聞いたことはありますが、なんぞ御用やろうか」

女は笑顔を崩さない。

「実は、お波さんからの手紙を預かっておりまして」

真魚がそう言いながら、女の様子を見た。

「お波さん……」

女は、少し考えた仕草をするのが、真魚は不思議だった。この人は、お波さんの母親ではないのだろうか。自分の娘の名前が出たら、このような反応はしないだろう。

「失礼ですが、多江さんやろか」

「へぇ、私が多江です」

「多江さんは、以前、紫野の古着屋のお内儀さんやったことはございませんか」

佐助が言葉を続ける。

「はぁ……確かに、若い頃に一度、紫野の古着屋に嫁に行きましたが、すぐに離縁したので、もうずいぶんと昔の話やけど」

多江は、やはり困惑を隠せないようだ。

「そのとき、お波さんというお子さんを授かってはりませんか」

真魚がそう言うと、多江は「いいえ、子どもはおりませんよ」と、答える。

どういうことだろう？　この人は嘘を吐いているのか、今度は真魚のほうが戸惑った。

「でも……お波さんは、上鳥羽で繕いをしているお母さんがいると言うてはって、手紙を預かってきたんです」

「……もしかして、お波さんて……いくつぐらいやの？」

「十七、十八ぐらいやと思います」

何か思い出したかのように、多江は深く頷き、

「ちょっと込み入った話になりそうやし、奥へおあがりやす」

そう言って、ふたりを導いた。

奥の部屋に通され、多江が茶を持ってくる。

「今、子どもらは亭主の実家におります。従姉妹《いとこ》たちと大変仲良うて、亭主の親も可愛がってくれてるので、ちょいちょい預かってもろとります。亭主もそちらに行って、私ひとりなので、遠慮せんといておくんなはれ」

やはり穏やかな雰囲気の優しげな女で、だからこそ真魚は戸惑っている。

真魚が差し出した琴が書いた手紙を、じっくりと読んだあと、多江は深く息を吐いた。

「そうなんや……お波さん。あのときの子が、そないに大きなったんやね……それにしても、罪深い男や」

少しだけ、多江の表情が曇りを見せた。

「わざわざ来てもろて、このような手紙まで届けてくださって、申し訳ございません。そやけど私はやはり、あの家では子どもをもうけてはおらへんのです」

と、多江が話す。

「どういうことでしょうか」

「お波さんの父親のところに若い頃に嫁ぎはしたんです。働き者ではあったけれど、博打《ばくち》好きの酒呑み、しかも女好きの悪所通いで毎晩出ていくような人で、それを咎《とが》めると殴るわ蹴るわで……それでも一度、嫁いだんやからと我慢しとりました」

多江は昔を思い出したのか、顔をゆがめた。

「ただ、どうしても許せへんかったのは、一年ほどして、いきなり赤ん坊を連れて帰ってきたことです。私はたまげて、どうしたんやと聞くと、私が来る前から通っていた後家が、自分には内緒で子どもを産んでいたと、おそらく間違いなく自分の子だが、その女が流行《はや》り病で亡くなってしまった、身寄りもないから、うちで育てるしかないのだと申します。どんだけ私が驚いたか……さすがに、はい、わかりましたとは言えず、もうこの人とはあかん、一緒に暮せへんと、逃げるように出ていったんです」

そういって、多江は目を伏せた。

「私も若《わ》こうて、自分のことで精いっぱいでした。その後、今の亭主と一緒になって、子どもも三人授かって……正直、たまに、前の亭主が連れてきた娘のことが過《よぎ》りはしましたが、どうすることもできず……おそらく、その赤ん坊がお波さんやと思うんやけど……」

多江がもう一度、大きく息を吐いた。

佐助は困った表情をして、真魚を見ている。

真魚は驚いていた。お波さんの話を聞く限りは、いい父親だとしか思えなかったからだ。

この人の言っていることも、どこまで本当なのか。

どちらかが嘘を吐いているのだろうか。

「実は……前の亭主は、私が出ていってから、心を入れ替えて酒を止めて真面目に働いて女の子を育てとるとは聞いたこともありました。今まで誰にも話さへんかったけど……一度、よりを戻さへんかと人づてに頼まれたこともあります。そうはいっても私はそのときはもう今の亭主と一緒になってましたし、なんでよその女と子どもまで作った男のもとに帰らないとあかんねんと突っぱねました……それを、だいぶ恨みに思っていたとは聞いとります。その恨みで、お波さんに嘘を吹き込んだんと違いますやろか。もしもそやったら自分の娘に母親を怨《うら》むように仕向けるやなんて、やはりろくな男やなかったと思うんですよ」

そう言って、多江はさきほど真魚が渡した手紙を手に取る。

「ええ手紙でした。会《お》うたことのない母親への恨みつらみが描かれているようで、その裏には、母親を恋慕う気持ちが溢れとりました。そやからなおさら気の毒で……そやかて私は、母親やないんです。お波さんの母親は、とっくの昔に死んではるんです。私はどうしてあげることもできひんから、この手紙も、お戻しします。どうか、お波さんに、気を落とさず、身体に気をつけお過ごしくださいと伝えてください」

多江がそう言って真魚のほうへ手紙を差し出す。

拒むこともできず、真魚は受け取って懐に戻した。


上鳥羽を後にして、佐助と真魚は月待屋に向かう。

なんとなく、ふたりとも足取りが重い。

「佐助さん、どないしょ。多江さんが言うてはったことを、そのままお波さんに伝えてええもんやろうか。ずっと母親やと思ってた人が違《ちご》うとって、でもその人を恨み続けていて……なんて、あんまりにも気の毒や」

「せやからといって、こちらが嘘を吐いて、取り繕うこともできひんのやないかなあ。とりあえず、お琴さんに相談しましょう」

「お波さんは、自分の父親は働き者でええ人やったって言うてはったやろ。そやけど、多江さんの話を聞く限りは、酷《ひど》い男やんか。それも悲しむんやないやろうか」

佐助が、ふと、立ち止まり真顔になる。

「真魚ちゃん。きっと、どっちもほんまなんですよ」

「どういうこと？」

「ええ人と、悪い人って、ひとりの人間の中に、どちらもおるんです。たとえばね、わたいの母親も、女手ひとつで一生懸命育ててくれた働き者で、わたいにとってかけがえのない大事な母親なんです。そやけど、わたいの嫁に厳しくして、家にいられなくなるほどいじめたのも、同じ人間なんです。別れた嫁は、母親のことも、母親の味方をして嫁を庇《かば》うことをしなかったわたいのことも、ひどく恨んでいるはずです。どっちも同じ、ひとりの人間なんですよ」

佐助が苦虫をかみつぶしたような表情で、そう口にした。

「……元の嫁は、わたいの母親も、わたいのことも、地獄に落ちろ！　と言うてると聞きました。そやからね、お波さんの父親かて、ええ人やけど、酷い人でもあるんでしょう」

そこで佐助は再び歩き出して、真魚もついていく。

確かに、佐助さんの言うとおりかもしれない――真魚はそう思うけれど、それでもにわかに受け入れられないでいた。

どうしたらいいか、わからない。お母さんに手紙を渡しました、謝っていましたなどと嘘を吐いて収まる話ではないことぐらいは、わかる。

ふたりは月待屋について、さっそく離れにいる琴に事情を話した。お由井も詳細を知りたがっていたので、少し遅れて部屋に来た。

「私はね、嘘を吐いたほうがええんと違うかなって思うんよ」

と、お由井は言う。

「まことの話が、人を幸せにするってこともないんやさかい、手紙を渡しました、はい、でいいような気もするけど……それでお波さんが納得すれば」

お由井はそう言うし、真魚もそのほうがいいような気がしていたが、琴はかぶりをふった。

「私は、お波さんにはすべて正直に、真魚ちゃんが聞いたことを話すべきだと思います」

「そやけど……お波さんが傷つくんやないの……」

「大丈夫です。なんとかなります。お波さんはきっと、受け入れてくれるはずです」

何故か自信ありげに、琴がそう言うので、しょうがないねと、改めてお波を月待屋に呼ぶ手はずを、お由井は佐助に頼んだ。

再び晴れ渡った日に、お波が月待屋に、また「女将さんから預かった」といって、乾物を携えてやってきた。

高級品の昆布だと、お由井は恐縮していた。

真魚はお波を導いて、離れの四畳半の間に腰を下ろす。佐助は昨日からまた小物売りの旅に出ていたので、真魚がひとりで話をする段取りだ。

琴が懸想文売りの扮装をして四畳半の間に入ってきて、床の間の前に座る。

床の間には、今日も菖蒲が活けてあった。

お由井がお茶を持ってきて、三人の前に出して、部屋を出ていく。

「お波さん、懸想文売りさまからの手紙を、上鳥羽まで届けました。今日は、その話をしようと……」

真魚がそう言うと、お波は意を決した表情をして、深く頷く。

顔をあげて、大きな目でじっと真魚を見る。

「何があっても、うちは受け入れる覚悟でおります。そやからすべて、話しとくれやす」

と、お波は言って、そっと手を自分の腹に添える。

それなら自分も覚悟を決めようと、真魚は口を開く。


真魚は一気に話し終わると、思わず大きく息を吐いた。

話しながら、緊張していた。

途中、お波が泣き出すのではないか、怒るのではないかと思っていたからだ。

けれどそのようなこともなく、表情も変えず、ただうんうんとお波は真魚が話し終わるまで、黙って聞いてくれていた。

「おおきに真魚さん。正直に、話してくれはって。懸想文売りさま、勇気を出して、手紙の代筆をお願いして、ほんまによかったです。ありがとうございます」

と、お波は深く頭を下げる。

顔をあげると、その目は潤んでいたが、表情は笑顔だった。

「長年……父に、『母はお前を捨てたんだ』と言い聞かされ、ずっと母を恨んどりました。そやけどうちが恨んどった母は、実はどこにもおらへんかった、父の作り話やった……それは虚《むな》しいことかもしれへんけど、目の前の霧が晴れたような気分です。恨みつらみを抱き続けてはいましたが、そんな自分がほとほと嫌になっとったんです。うちかて、いつかは人の母になるんやもん。子を産み、母になる日が訪れるのに……母を恨むことに、疲れとったんです。そやからどこかで断ち切りとうて、月待屋さんの話を聞いて、いてもたってもいられずあの雨の日、伏見に参りました。そうして雨宿りをして、偶然、真魚さんに声をかけられ……弁天さまのご縁や。うちの産みの母は、もうとっくに亡くなってたと聞いてホッとしました。父のことも……お多江さんからしたら、ろくでもない男かもしれへんけど、うちを必死に育ててくれた人で、恨みはしません。うちは人に恵まれているんやと思います。今、お世話になっている乾物屋のご主人や女将さんにも可愛がられて……」

そう言って、お波は、手を腹に添えた。

「本当に、おおきにありがとうございます。これで、長年、のしかかっていた母への恨みが消えました。うちもきっと……これから先、子を授かって母になるとき、無心に子を可愛がることができそうです」

お波は畳に額をこすりつけるぐらい深く、頭を下げた。

「あの……せっかくやから、懸想文売りさまが書かれた手紙、うちにくれはらしまへんか。お守りにさせてもらいます」

お波がそう言うので、そっと琴は懐から出した文と、それとは別に懐紙でくるんだ包みも渡す。

これは……と、不思議そうにその懐紙を開いたお波が、ハッと驚いた表情を見せ、じっと琴を見つめる。

琴は何もかもわかっているといったふうに、お波の目を見て、頷いた。

「ありがとうございます……このようなお気遣いまで……」

琴を見つめるお波の目が、潤んでいるように真魚には見えた。

次にお波は、琴が書いた文を開いて、読み始めた。

次第に、お波の目から涙が溢れてくる。

「……すべて懸想文売りさまは、お見通しやったんですね。私はここに来たとき、母への恨み言を伝えたいと申しましたが、内心は違《ちご》うとりました。この文から伝わるように、母を恋慕うとったんです。そやからきっと多江さんは、この文を見て母の気持ちになって私をいたわらはったんでしょう……私もそう、ありたいです」

お波は目頭を手で押さえた。

離れを出て、玄関で、やはり何度もお波は御礼を口にする。

「これもご縁やから、また伏見に来はった際は、寄っておくんなはれ。それから、どうかお身体を大切に」

お由井はそう言って、お波を見送った。


「お琴さん、手紙と一緒に、お波さんに何を渡したん？」

お波を見送って、離れに真魚とお由井が戻り、真魚は琴にそう聞いた。

「元気な赤ん坊が生まれますようにって、御香宮神社のお守りをさしあげたのです。御香宮神社は、祭神が神功《じんぐう》皇后で、安産の神さまでもありますからね」

「え、どういうこと？」

「お波さんのお腹《なか》には、子どもがいますよ。ねぇ、お由井さん」

琴がお由井のほうをちらっと見る。

「さすがお琴さんや。私はさっき、乾物を預かって、そこに女将さんからの礼状があって、それを読むまで気づかへんかった。乾物屋の次男坊のお嫁さんになるんや

て。可愛がっている働き者の娘なので、喜んどりますと書いてあったわ。そやから
よっぽど気にいられてるんやろうな」
「お琴さんは、いつから気づいてたん？」
と、真魚が聞く。
「最初に四畳半の間に入ってきたとき、私が香を焚《た》いたでしょ。あのときの表情で、
もしかしたらとは思ったんです。それに無意識かもしれませんが、ときどき手を帯
にあてて、お腹を守るような仕草をされていた。自分も母親になるからこそ、母親
とのしがらみを解決したかったんでしょうね。だからね、あれでよかったんです」
全く気付かなかった――と、真魚はなんだか恥ずかしくなった。
自分より少し年上ぐらいの人だとは思っていたが、大人の女の人で、子どもまで
お腹にいるなんてと、驚いた。
「さぁ、今日は、お波さんからもらった昆布で出汁《だし》をとった煮物やで。なかなか手
に入らへん、ええもんやから、楽しみや。真魚、手伝《てつど》うてんか」
そう言って、お由井は前掛けをつけて、離れを出て台所に向かう。
追いかけるように雪駄《せった》をはきながら、真魚は自分もいつか、お波さんのように母

親になる日が来るのかと考えたが、想像もつかなかった。

第三章　血天井の城

季節の移り変わりが早いと感じるようになったら、年をとった証拠だ——。

母のお由井が、昔からよくそう口にしていたのを、川沿いに紫陽花《あじさい》の蕾を見かけるようになってから、真魚はよく思い出すようになった。この前まで宇治川派流沿いは桜が満開だったというのに、あっという間に散って、菖蒲が咲く季節が過ぎ紫陽花が色をたたえる頃には、ときどき汗ばむような陽気になった。

伏見・宇治川派流沿いにある小さな旅籠、「月待屋」では、今年に入って、ちょっとした出来事があった。半年前からの居候であった琴が、近くの廓で働くお絹さんに頼まれて、愛しい人への恋文を代筆して届けたのだ。

その顚末《てんまつ》はともかく、のちに思いがけないことが起こる。

気が付けば「月待屋では大層、人の心を打つ手紙を書く懸想文の男を呼べる」という話が広まったらしく、先月は西陣の乾物屋の奉公人のお嬢さんが懸想文売りに会いに訪れた。

そして月待屋に、京都所司代の与力が訪ねてきたときは、由井は自分が何かお咎めを受けるようなことをしたのかと、冷や汗をかいたと、言っていた。

「こちらに、人の願いを叶《かな》える文、神通力を持つ、どんな人の魂にも届く手紙を書く者がいると聞いたのだが」

と与力のお侍さまに言われ、噂が広がっているのは知ってはいたが、いくらなんでも「神通力を持つ」なんて、話が大きくなりすぎているとお由井は困惑もして、頭を抱えそうになったようだ。

さらに懸想文売りである琴を表に出すわけにはいかず、お由井は「わけあってひっそりと暮らしておられる方ですので、普段はここにはいらっしゃいません。手紙を書くために話を聞くときだけ、お呼びしております」と、答えはした。

「こちらもあまり詳しくは聞いていないのだが、その者に会って、手紙を書いて欲しいという方がいらっしゃってな。日を決めて、呼んでもらえぬか。そしてこの件は、外にもらさないことを約束して欲しい」

そうお侍さまに頭を下げられて逆らえるわけもなく、お由井は「承知しました」

と答えたという。

そして、紫陽花が満開になって色鮮やかに咲く頃に、あの四畳半の間で、懸想文売りに扮した琴が、話を聞くことになった。

どういう人が来るのかは知らないけれど、季節のお茶菓子を買っておいでとお由井に頼まれ、真魚は水無月《みなづき》を買って、宇治川派流沿いを通り、月待屋に向かった。

何しろ京都所司代の与力からの紹介だということで、大ごとになったとお由井は困惑しているようだったし、琴も少し考えてから、お由井に承諾をしていたのを見た。

けれど真魚は心が弾んでいた。

なんだか面白そうではないか。

きちんと掃除された四畳半の間の床の間には、赤紫の紫陽花が一輪さしてあった。

そこで顔を隠して懸想文売りに扮した琴と、真魚が待っていると、「こちらでございます」と、お由井の声がした。

部屋に入ってきたのは、若いお侍さまだった。白い肌、整った顔立ちで、おそらく年齢は琴と同じ、二十を幾つか超えたぐらいではなかろうか。

綺麗な男の人だと、真魚は一瞬、見惚《みと》れそうになった。

けれど、よく見れば、顔は白いというより青白く、頬がこけて、表情も暗い。

お由井が出ていき、三人になると、お侍さまは、脇差を畳の上に置き、深く頭を下げた。

「この度は、懸想文売りさまの噂を聞きまして、藁《わら》にもすがるような想いで、伏見に馴染みのある与力にお頼み申しました。拙者の話を聞いてくださること、深く感謝を申し上げます」

ずいぶんと、丁寧なお侍さまだと真魚は感心した。

お侍さまって、もっと偉そうなものだと思っていた。特に江戸のお侍さまは、将軍家の御威光をかさにきていて、京の者ですら田舎者扱いするなどと、聞いたことがある。もっともそれは、江戸嫌いの京都人が大袈裟《おおげさ》に言っているだけなのかもしれないが。

琴が真魚の膝をつつくので、真魚は慌てて、「お顔をあげてください」と言った。

そのとき、襖があいて、お由井が水無月とお茶を三人の前に置く。

「どうぞ召し上がってください」とお由井は告げたが、侍はじっとこわばったままの表情だったので、真魚が最初に水無月に手を出した。

「おいしい」と真魚が口に出すと、侍は安心したのか、お茶に口をつけて、水無月を食べる。

「確かにうまい……京の菓子は、一流じゃと、京に来てから知りました。この水無月という菓子も、京に来るまで味わったことがなかった。厄除《やくよ》けの菓子だと知ったのは、つい先日です」

ということは、もともと京の人ではないのかと、真魚は思った。

琴が桐箱を取り出して、香を焚く。

前回の香とは違う、もっと柔らかな草の匂いで、新緑を連想させた。

この香が「はじまり」の合図であると、真魚はわかっていたので、口を開く。

「こちらにいらっしゃる懸想文売りさまは、さるやんごとなき身分の高い方のご落胤で、事情があり世に身を潜めて暮らしておられますので、顔を隠し声も隠すのはご容赦ください。さて、どうぞ、遠慮なくお話しください」

前回よりも、もっともらしく、よどみなく口にできたと真魚は満足した。

自分で思うが、だんだん上手くなっている。

侍が、口を開く。

「申し遅れました。拙者、昨年、江戸から参り、京都所司代にお仕えしておる、橋《はし》本《もと》新《しん》之《の》助《すけ》と申すものです。京に参ってから、思い悩むことがございまして、そんな際、心を打つ、神通力を持つ文を書いて解決してくれる方がいらっしゃると耳にして参ってはみましたが……これから拙者が語る話は、信じがたいと思われるかもしれないし、武士のくせに臆病だと呆《あき》れられるかもしれませぬ。ただ、他に頼る人もおらず……。あと、拙者がこれからお話しすることは、色恋沙汰ではありませぬ。拙者、江戸に妻と子どももおりますので、日清で、他の女に懸想することはございません。だから『懸想文』ではないのですが——」

そう言って、新之助は表情をゆがめた。

「新之助さま、他言無用で、話は外にはもらしませぬ。まず、話してください」

と真魚は口にしながら、自分もなんだかそれらしいことを言うようになったと、自分で感心していた。

「……幽霊は実際にいると思われますか？」

新之助が最初に口にしたのは、その言葉だった。

真魚が戸惑っていると、琴は深く頷いた。

それを見て安心したようで、新之助はよどみなく話をはじめた。


幽霊話は江戸にも古今通してございます。侍の中にも、そういった話を好きなものもおりますが、拙者は全く興味もなく、信じてもおりませんでした。死ねばそこで終わりで、いわゆる幽霊というものは、人が酒に酔ってか、寝ぼけて見るものだと思っておりました。いや、今だって、実のところ、そう思いたいのです。

いえ、実際に、このように申しながら、拙者も幽霊を見たわけではありませぬ。

ただ、夢、なのでございます。

拙者がこのところ、ずっと苦しんでいるのは、夢の中身なのです。

ご存じのとおり、京都所司代に仕える者は、二条城《にじょうじょう》の近くに屋敷を構えております。徳川家康公《とくがわいえやす》が築かれた、二条城でございます。

京に来てから、ひとつきも経たぬ頃でしょうか。伏見の奉行所にことづけがあり、こちらに参りました。ずいぶんと京の街中と雰囲気が違うなと思ったのは、旅人が行きかっていたからでしょうか。

その夜です。

鎧兜《よろいかぶと》を身に着けた武者たちが、夢に現れ始めたのは。

首が無い者もおりました。切られた腕を、ぶらんぶらんとさせた者も。

拙者はどこか、城の大広間におります。

気が付けば、血みどろの武者たちに囲まれているのです。

ああ、この者たちは、拙者に深い恨みを抱いているというのは、発せられる空気と、恨みがましい表情でわかりました。

そして皆、死んでいることも。

亡者、亡霊しかおりません。

そこの広間で、息をしているのは、拙者だけでした。

殺されるかもと拙者は怯《おび》えているのですが、手足が動かず、逃げることもできません。

しかし、武者たちも、拙者を囲み、じっと非難の目を向けはするけれど、動かないのです。

死んでいる人間は、生きている人間を、脅えさせることはできても殺せないのだと気づきました。

それでもおそろしくて、拙者は逃げたくてたまらないのですが、身体を動かせず、どうすることもできません。

じっと耐えて……ふっと意識が消えたと思ったら、目が覚めて、朝になっておりました。

夢でよかった——そうは思いましたが、眠った気になれず、どっと疲れております。

翌日も、夢が続いているようで、うとうとしておりました。たいして何もしていないのに疲れて早めに床につくと、また——。

同じように城の広間にいるのですが、拙者はふいに気づくのです。

ここは京都、伏見の城だと。

そうしてまた、鎧兜の亡者たちに囲まれます。

死者は口にはしませんが、拙者は「裏切者」だと罵られているのも、わかりました。

同じ夢を、繰り返し見ました。

ときどき、疲れ切って深く眠れることはありますが、朝ぐったりとしていて、ああ、また同じ夢を見たのかと、気づきます。

まともに眠れないので、食も細くなり、痩せたことを周りに心配もされましたが、武士たるもの、夢見が悪くてうなされているなどと言えるわけもございません。

たかが、夢です。

けれど、同じ夢を繰り返してみるのは、拙者自身の中に、何か恐れるものがあるのでしょう。

そうやって考えて、ふと思い当たることがあったのです。

拙者の先祖は、もともと徳川家に仕える三河《みかわ》武士だったのですが家康公が幕府を作られたのちに、老中などの役職に就くことが叶わず旗本にもなれず、でした。古参ではあるのにと疑問でしたが、父にそのようなことを聞けるはずもございません。しかし、拙者が江戸を離れる少し前、父が亡くなりました。前から長患いをしておりましたので、これで楽になっただろうと家族も安堵《あんど》しておったのでございます。

父の通夜の際、寝ずの番をしており、母とふたりきりになりまして……母が、「世が世なら、家康公に仕えた三河武士の末裔《まつえい》として、もっと日の当たる道を歩けただろうに」と、こぼすのです。

それで、初めて聞いたのが、祖先の「裏切り」でした。

もちろんご存じでしょうが、家康公が石田三成《いしだみつなり》率いる西軍と戦った関ケ原《せきがはら》の戦い。あの少し前、豊臣秀吉公亡き後、家康公が入られていた伏見城が、石田の軍により攻め入られ、多勢に無勢で落城しました。

伏見城は捨て城となったのです。

家康公率いる東軍は、東北の上杉《うえすぎ》討伐のために京を離れておりました。そこで三成が旗印を掲げ、手薄になった伏見に入ります。

最初から、わかっていたことでした。けれど、徳川の軍勢を東北へ向かわせなければならない。とはいえ、意地もありますから、たやすく伏見城を開けることもできませぬ。

そして残ったのが、家康公の忠臣、鳥居元忠《とりいもとただ》公でした。

三方ケ原《みかたがはら》の戦いで脚を悪くしていた元忠公が、死を覚悟して伏見城に残ると申し出たと言われております。

さて、拙者の祖先である橋本某《なにがし》は、元忠公に仕えておりました。

何しろ、何代も前の祖先であるから、どのような男だったかはわかりません。しかし、どうやら死を覚悟したお役目が、納得ならなかった模様です。

簡単に申しますと、逃げたのです。

そして伏見城が落城し、関ケ原の戦で家康公が勝ちはしたものの、最後まで抵抗して戦った伏見城の徳川の侍の軀《むくろ》はしばらく放置され、それは凄惨だったと伝えられております。

大将の鳥居元忠公が、腹を切った者たちの介錯《かいしゃく》をし、最後にひとり、自身も腹をさばいて亡くなりました。関ケ原の戦いのために、徳川の者もすぐには伏見にかけつけることができなかったのです。それゆえ、血や、もがきくるしんだ手の跡が、床にべっとりと染みていたそうです。供養のために、その血が染みついた床が、幾つかの寺の天井として祀られているのも、有名な話でございます。

ですから、今でも、「血天井」と呼ばれる伏見城の床が祀ってある寺に行けば、血の跡などの、武将たちの苦しみが見られるそうで……拙者は近寄ったことはありませんが、話は聞きます。中には人の顔をした血の跡もあり、ときどき目が合い、にらみつけられて震えあがる者もいるそうです。

さて、そのような凄惨な城から、拙者の祖先は逃げました。

本来ならば、逃げるなど武士の風上にもおけない橋本某、首を斬られることでしょう。

それが何故か許され、拙者の代に続いているのでございます。

何故許されたのか……それについては諸説あるそうですが、橋本某の娘に家康公のお手がついて、父の首を斬るなら、代わりに私の首をと懇願したとか……けれど、これも、かつて自身の実の息子を死に追いやったほどの家康公が、許すだろうかと疑問です。年を取って、丸くなっておられたのか、他に何か理由があるのか……。

橋本某は、処罰はされぬものの、帯刀などもちろん許されることなく、一度は浪人となっていたようですが、さきほども申した通り、娘に家康公の手がついていたせいか、その娘の弟、つまりは橋本某の息子がのちに許され、再び徳川家に仕えることになったそうです。

何しろ、敵前から逃げて仲間を見殺しにしたという恥ずかしい話ですから、父が生きているときは一度も話題になりませんでした。

母から聞いて驚くやら恥ずかしいやらで……けれど、あまりにも昔の話過ぎて、今さら誰に非難されることもなく、拙者も能天気なもので、そこまで深く考えておりませんでした。

ただ、京に来て、あのような夢を見るようになり――。

城の大広間で囚《とら》われて亡者に囲まれているのは、拙者ではなく、祖先の橋本某なのだということに、気づかざるを得ませんでした。

そして血みどろの武者たちは、伏見の城で死んだ徳川の者たちだとも――。

橋本某は寝返ったわけではなく、逃げただけではあるのですが、それも最後まで家康公のために戦いぬいた者たちからしたら、裏切りでしかないのです。

拙者という、裏切者の血を引いた男が京に呼ばれ……亡者たちが訪れるようになったと考えました。

どうしたら許されるのか――。

拙者が命を絶つしかないとも考えましたが、お恥ずかしい話ですが、子どもも小さく、拙者がいなくなれば家族が路頭に迷います。

武士としていさぎよくないのは、橋本某の末裔だからでしょうか。亡者たちは、言葉を発することをせず、ただ拙者を囲んでいるだけなので、何を望んでいるのかもわからぬのです。拙者を苦しめるだけ苦しめ……。

京を離れ江戸に戻ればいいのかとも考えましたが、そのような申し出ができる立場でもございません。妻子が恋しくてお役目から逃げたなどと言われるのは、武士として面目がたたぬことは、承知しております。

せめて、申し訳ないと先祖の代わりに頭を下げればいいとも思っておりますが、夢の中では、ひたすらに蛇に睨《にら》まれた蛙《かえる》のように、身動きが取れず、言葉を発することもできず、金縛りにあっているような様なのです。

夢の話など、誰にも相談することはできないと鬱々としていたところ、こちらで神通力を持つ手紙を書いてくださると耳にして、藁にもすがる想いで、使いを出したのです。

新之助が、そう言って、はぁと大きく息を吐くと、目の前のお茶を飲み干した。

琴が、真魚の膝をつつく。

「新之助さまは、亡者への手紙を懸想文売りさまに書いていただきたいと、願われているのですか」

真魚が口にすると、新之助は深く頭を下げた。

「途方もないことをお願いするのは、承知でございます。拙者の想いを手紙に記し、あの世の者たちに届けて欲しいのです」

あの世の者たちに届けるって、どうすりゃいいんだ。真魚は驚いたが、琴は表情を崩さず、頷いている。

頷くというのは、引き受けるということだ。

こりゃ、お琴さん、本気かい？　と、真魚は琴のほうを見るが、琴は真魚の目を見ても、ただ頷いているだけだ。

「新之助さま――懸想文売りさまが引き受けてくださるとのことです」

真魚がそう言うと、新之助は「かたじけのうござる――」と、畳に頭をこすりつける勢いで御礼を言った。その声は震えていた。

このお侍さまは、きっととてもいい人なんだろう。それぐらいは、わかる。

だからお琴さんも、引き受けざるをえないんだ。

新之助が帰ったあと、お由井が部屋に来たので、琴と真魚が詳細を話した。

「お琴さんはお侍さんの話を信じてはるん?」とお由井が聞くと、琴が「幽霊は信じていませんけどね」と、あっさり答えるので、真魚は拍子抜けした。

「ただ、夢というのは、当人の中にある恐れが出てくるものです。つまりはあのお侍さん自身が、脅えているのでしょうが……もしかしたら私たちに打ち明けていないこともあるのかもしれません。まあ、いい。私は依頼された手紙を書くだけですから」

と、琴は口にした。

この人は、意外に、ものすごい度胸がある人なのかもしれないと、真魚は思った。

「死んだ人への手紙なんて、どこに届ける気やの?」

「さあ……とりあえず伏見城の跡にでも行きましょうか。ここからは近いし」

琴は笑みを浮かべながら、そう言った。

そして翌朝、朝餉を囲んでいる際に、「手紙、書けました」と、琴がいうので、真魚もお由井も驚いた。

「さて……でも、どないしたもんやろ。前は薩摩まで佐助さんに持っていってもろたけれど……今度は相手が、この世にいいひん人たちやろ？」

「それは私も、もう少し考えてみます。とりあえず、伏見城の跡に行って……」

「幽霊が出るん？」

真魚が言った。

「幽霊なんて、いませんよ」

と、琴が即答した。

「今日は梅雨の合間の晴れで、天気もいいことですし、午後から参りますか。真魚ちゃんも、ついてきますよね」

「うん」

と、勢いよく真魚が返事をして、お由井が少しばかり眉をひそめた。

どうやら娘が、この「商い」に強く興味を持ち、楽しんでいるのがわかったようだった。

「真魚、あんた、なんや楽しそうやね」

お由井が口にすると、真魚は照れ臭そうに頷く。

「そもそも引きずり込んだのは私やけど……まだ嫁入り前の娘が、これだけ人の心の奥底にふれてええんかいな。そこにあるのは、綺麗ごとだけやないさかい……今さらしゃあないか」

と、お由井は嘆息するが、真魚は、自分は母親が思うほど幼くはないと言い返したいのを、こらえていた。

そんなお由井に見送られ、真魚と琴は楽しげに大手筋《おおてすじ》を歩き、御香宮神社の前を抜けて、登り道を歩く。

御香宮神社の門は、もともとは伏見城で使われたものらしく、豪華絢爛《けんらん》な彫刻が見事だった。

この伏見には、平安京、都を築いた桓武《かんむ》天皇の御陵があり、かつてその近くに豊臣秀吉の作った伏見城があった。

秀吉が伏見城を築いた折は、他の大名たちも屋敷を伏見に移し、その名残で今も、大名たちの名を冠した町名が残されている。

貨幣の鋳造を行う「銀座」もあり、かつては日本の中心だったのだ。

伏見城も、秀吉が亡くなったのちに、徳川の城となった。

あの新之助という侍が語っていた、関ケ原の戦いの前の伏見城における凄惨な悲劇が起こったのちに、取り壊された。

伏見城跡に向かう道すがら、琴はそんな伏見の歴史を真魚に語ってくれた。

「それやったら、お琴さん。もしも秀吉公が亡くなったあと、豊臣家がもっと力を持ってたら、この伏見は今より栄えてたん？」

「私は、そうだったろうと思っています。豊臣家——秀吉公の息子の秀頼《ひでより》公があんなに若くなく、もっと豊臣家が盤石であれば、二条城も作られなかったでしょう。秀頼公自身は、優れたお人柄だったという者もいるようですが、それ以上に、家康公が狡猾《こうかつ》で……おっと、こんな話を誰かに聞かれたら困りますね」

そう言いながら、琴はなんだか楽しそうだった。

琴が月待屋に来た梅の咲く頃は、物静かで、何か悲しみを漂わせている様子で、だから真魚は詳しい事情などもお由井に聞くことができなかった。

真魚には優しく接してはくれるけれど、どこか踏み込めない陰のようなものは、ずっと感じている。

その琴が、「懸想文」を書くようになってから、ときどき晴れ晴れとした表情を見せるようになったと真魚は感じていた。

「ねぇ、お琴さん。あのお侍さんが、幽霊を信じますかって聞いたときに、頷かはったやろ。そやけど、そのあとで幽霊なんかいないって言うて、ほんまはどっちなん？」

そう、真魚は問うた。

「あのね、幽霊を見るのって、人間ですよね」

そりゃあそうだと、真魚は頷く。

「だから人間の心が生み出すものなのです。罪悪感であったり、未練であったり、そういった感情や、あるいは恐れが見せるものです。あのお侍さまの夢だって、同じです。夢を見ているのは、あのお侍さんです。だから、幽霊がいるかといえば、いるともいえる。人の心の中にね。お侍さんが脅えているから、武者たちが現われた。それに、江戸にいた頃は、現れなかったわけでしょ？　だとしたら、この京を訪れてから、何かあったんです。ただ、それはあのお侍さんは、話してくれませんでしたけれどもね。そこが肝心なところではあるのですが……仕方がない」

お侍さまは、とても正直でいい人そうに見えたけれど、あの人も裏があるのだろうかと真魚は考えた。人はどうやら見かけ通りではないらしいことぐらい、真魚はわかる年にはなっている。

でも、春に、最初に懸想文を頼みにきたお絹さんだって、そうだ。恋しい人以外にはふれられたくないと泣いていたけれど、実は他に旦那を作り、とっとと後添いになっていると聞いた。

坂道を歩くと、汗ばんできたので、真魚は手ぬぐいで額を拭う。

琴のほうを見ると、涼しい顔をしたままだった。どうやら、実は琴は、体力もあるようだ。

「ここが城郭です」

と、小さな山の中腹にたどり着くと、琴が言った。

「え？　何もあらへん」

そこはただ、草が生えているだけの広場にしか真魚には見えない。

「そう、何もないんです。夢のまた夢――すべて夢に過ぎない」

「夢？」

「秀吉公の辞世の句だと言われています。『露と落ち 露と消えにし我が身かな 浪速のことは 夢のまた夢』と……もっとも辞世の句というやつは、切腹するならともかく、病で意識が朦朧《もうろう》としている際に、そのようなものを読めるのかと常々疑問なのですが……それはともかく、秀吉公は自分の栄華が『夢のまた夢』とわかっていたのでしょうかね。一代で築き上げたすべてのものは、無に帰した。真魚ちゃん、秀吉公のお墓は、知ってますか」

「確か……東山のほう?」

「そう。阿弥陀《あみだ》ヶ峰《がみね》の豊国廟《とよくにびょう》。ただ、徳川の世になって、ほとんどのものが破壊され、寂しい場所です。家康公の墓所である日光《にっこう》東照宮はあんなに豪奢《ごうしゃ》なのに……権力とは虚しいものです」

口ぶりから、琴は日光東照宮には行ったことがあるのだとわかった。

もともと東国の人だとは、薄々思っていた。言葉が西の言葉ではないからだ。

「さあて」

琴は懐から手紙を取り出し、手をあげて空にかざした。

「もちろん、渡す人などいないのは、わかっていましたが、新之助さんを納得させるためにもね、ここには来ようと思っていました」

文が、太陽のまばゆい光を浴びていた。

眩《まぶ》しくて、真魚はじっと見ることができず、目を伏せた。

「あとは、そうですね……伏見城で亡くなった鳥居元忠公の墓がある百万遍《ひゃくまんべん》の知恩寺《ちおんじ》——今から行くには、遠いかな。まあ、いいでしょう。他にすることがあります。とりあえず、帰りましょうか」

琴はそう言って、手紙を懐にしまった。

これで終わったのかと、真魚は拍子抜けした。

でも、こんなので、あのお侍さんの悪夢を終わらせることができるのだろうか。

「何か甘いものをお由井さんにお土産に買って帰りましょうか。それから真魚ちゃん、もしも近々、佐助さんが月待屋に立ち寄られたら、私の部屋に呼んでもらえませんか。お願いしたいことがあるんです」

琴は言った。

佐助は確か、明日には尾張《おわり》から戻ってくると、お由井から聞いていた。

ふたりは迷ったあげく、今しか食べられないしとまた水無月を買って、月待屋に帰る。

何か収穫があったわけではないけれど楽しかったな、でもこれからお琴さん、どう解決するんだろうと思いながら、真魚は歩いていた。

翌日、佐助が月待屋に立ち寄ったので、さっそく真魚は琴の部屋に導いた。

半刻ほどで佐助は部屋を出て、いったん西陣の母親が待つ家に戻ってきますと告げる。

再び佐助が月待屋を訪れたのは、それから十日後だった。

その日も、琴の部屋で、ふたりで何やら話している。

佐助が帰ったあと、琴はお由井のところに行き、「あのお侍さんを今一度、呼んでいただけませんか」と、告げた。

やはり琴が佐助を呼んだのは、あのお侍さまと何か関係があったのだと真魚は思った。

今年は季節の移り変わりを早く感じる。

真魚は、拭き掃除をして、額に汗をかきながら、そう思った。

紫陽花は少しばかり色味がかっている。今日はあのお侍さんが、再び訪れる日だった。

正午になり、新之助が月待屋を訪れる。

部屋にはまた懸想文売りの格好をした琴が座り、今日は最初から香を焚いていた。酸味交じりの、果物を連想させる香だ。

真魚と琴、新之助の三人が四畳半の間で向き合った。

「早々に、文を書いて届けていただいたと聞いております。まずは御礼を申し上げます」

そう言って、新之助は頭を下げる。

真魚は今日、何を新之助に告げるのか、琴から聞いていなかった。

ふたりで伏見城跡に行っただけで、そもそも夢に現れる幽霊相手だから、文の届けようがないのに、琴はどうする気だろう。

琴がパンパンと手を軽くたたくと、障子が開き、佐助が入ってきた。

佐助を琴が手招きするが、佐助はどこか居心地悪そうだ。

それでも新之助の前に出て、深く頭を下げる。

「わたいは西陣の小物売りの佐助というものでございます。こちらの月待屋さんには、以前からお世話になっております」

新之助は、いきなり出てきた男が何を言うのだろうと、怪訝《けげん》な顔を隠さない。

「懸想文売りさまに頼まれまして、不躾を承知で、少々お調べ申しました。商売柄、いろんなところに顔を出しますゆえ、それを重宝されとります」

佐助が淡々と話し続ける。

「まずはお侍さま、その後、夢見はいかがでしょうか」

佐助が問うと、新之助は「ここしばらくは、あのような夢を見ることも少なくなった。全く見なくなるというわけではないが、減った。文を届けてくれたおかげであろう」と、答えた。

「そうでございますか……それはよかった」

佐助はそう口にするのと同時に、意を決したように、大きく息を吸い込んだ。

「ところで、お侍さまは、堀川《ほりかわ》の長屋に住む浪人、佐木龍之助《さきりゅうのすけ》という男をご存じやろか」

佐助の言葉を聞いて、新之助の表情がこわばったのが、真魚の目にもはっきりわかった。

答えを待たず、佐助が言葉を続ける。

「年齢は、五十ほど、髭面《ひげづら》で酒呑みで、金もないくせに誰かにたかって酒を喰《く》らう独り身の男です。酒癖が悪く、長屋の家賃もしょっちゅう払い遅れ、近所では評判の迷惑な男やった。そやけど近頃、どうも様子が変わってきたとの話です。家賃も払い、なぜだか上機嫌で……どうやら金づるができたようだとの噂が流れておりました。さて、この佐木という男、以前から話が大きいことでも有名でした。浪人になったのは、主君が泥酔の末に誤って家臣を手にかけ、その身代わりになったからだとか、もともとは徳川の将軍に仕えていた三河武士の末裔なのだとか……」

新之助の肩が、ぴくりと動いたのが、真魚にもわかった。

「ただ、この男の呑み仲間に聞いてみると、そういった自慢話も、ころころと変わるらしく、あいつはただのいちびりの嘘吐きやと見抜かれてもいました。そやからまともに聞いてるもんはおらん、と。もともと武士ではあるが、母方は公家の血をひいているから京におるんやなんて、話もしていたそうです。男でも女でも自分を大きく見せる者は、どこにでもおります。もしもほんまに、そのような高貴な家の者ならば、ペラペラと素性を喋ったりしないでしょう。ほら話ゆえに、口が軽くなるのです……さて」

佐助がそこでひといきついて、お茶を口にする。

真魚は身を乗り出した。

「そんなどうしようもない男ではありましたが、この男にはひとつだけ取り柄がありました。それが、剣術です。どこの流派でもない独特の構えではありましたが、めっぽう強い。子どもの頃から、父親にこれだけは鍛えられてきたと言っていたようですが、それは本当でしょうな。世が世なら、どこぞの藩に喜んで召されるであろうが、江戸太平の世の中、剣の指南をする者も溢れており、実際にいくさがあるわけでもない。かくして、京の道場に、ときどきふらっと現れて、志願する者の相手をするぐらいしか使い道もあらへんようです。この男が足を運んでいた道場のひとつが、二条城の近くにございます。もちろん、新之助さまもご存じやと思います」

佐助がそこまでいうと、新之助がやっと口を開く。

「そうじゃ。京に来て、同輩に連れていかれたのが、その道場じゃ。拙者はこれでも、江戸では指南役を仰せつかっており、腕に覚えはあった。しかし京には、そもそも大名がおらず、侍も腕の立つものはいないと聞いておった。それでもなまらせてはいけないと、拙者がその道場で、『一番強い者は』と問うて、現れたのが佐木さまよ」

新之助は、目を見開き、さきほどとは比べものにならない強い光を放つ。

「確かに、強かった。最初は互角だったが、結局のところは拙者が勝った。それは拙者が若いゆえだろう。それに佐木さまには酒の匂いが残っていた。だから拙者も、喜べはしなかったが、このような腕前の者が何故しがない浪人暮らしをしているのかと気になって、何度か顔を合わせるうちに、一度、呑むことになったのよ。そこで、驚くべき話を聞いたのじゃ。拙者の祖先と、佐木さまの祖先の、因縁だ」

そう言って、新之助は、大きく息を吐く。

すかさず佐助が、口を開く。

「祖先が徳川家康公に仕えていた三河武士だったという話ですね」

「その通り。代々、三河の松平《まつだいら》家に仕えていたが、関ケ原の戦いの前、京をみすみす石田三成の手に渡してはいけないと、鳥居元忠公と共に伏見城に残ったのだという。死を前にして、逃げる卑怯者《ひきょうもの》たちもいたが、自分の祖先は武士らしく本懐を遂げたのだと、誇らしげだった。けれど、残された一族は、後ろ盾もなく、江戸に幕府が開かれても役職を与えられず、貧しい暮らしが続いていたと。家康公が生きておられたときは目をかけられてもいたらしいが、大御所さまが駿府《すんぷ》に退いてからは、一族ともども不遇であったそうだ。自分はそんななかで、母が病で苦しみ、薬代もなく、道場で剣を交わすのについつい金をかけてしまったのだ、と。それが原因で浪人になり、母も死に妻子も出ていって、京に流れついてしまった。そもそもあのとき、伏見城で祖先が義のために死んだときから、因果が始まったような気がする──と、申されましてな。先にお話ししましたように、拙者の祖先は伏見城から逃げており、それを考えると、目の前の龍之助さまの不幸な境遇は、拙者の祖先のせいであるように思えて……良心の呵責《かしゃく》に耐えかねて、正直に話した。それを聞いた、龍之助さまは、『先祖がやったことである、新之助さまには罪はない』と、武士らしく、潔く、そうおっしゃって……このような立派な方が、浪人の身分でよいのかと、我が身が恥ずかしくなったのじゃ」

さすがに真魚でも、読めてきた。

「されど、その龍之助という男は、お侍さまに、金品を要求してきたのではございませんか」

　佐助がそう言うと、新之助はこくりと頷いた。

「その話を聞いた頃からだ。拙者の夢の中に、伏見城で亡くなった武将たちが現われるようになったのは。拙者の罪悪感が見せる幻だということは、わかってはいる。けれど、拙者は責められて、苦しくてたまらない。どうしたらいいのかと、正直に、拙者の夢の中にある武将たちのうちのひとりの子孫である佐木さまに相談したところ、『供養をしましょう』と、言われて、それで……」

　やはりそうなのだ。

　罪悪感が見せる幻――そんなことは、新之助さまだとてわかっていたのだと、真魚は頷く。

「お侍さま、さきにも申しましたが、その男は近所では有名な嘘吐きです。先祖は三河武士だの、公家だの、他にも海の向こうから来た琉球《りゅうきゅう》の王族の血を引いているやの、でたらめなことを申しとります。もしかしたら、どこからか、お侍さまの祖先が伏見城から逃げた話を耳にして、わざとそのような話を作ったのかもしれへんさかい、わたいが調べましたところ、あの男はもともと小浜《おばま》の侍やったそうですよ。父親の不始末で禄《ろく》を失い、ただ腕が立つので道場に婿入りし跡を継ぐ話やったのが、酒と博打で縁を切られ、何か食い扶持《ぶち》はないかと数年前に京に来た。それだけの話で、三河武士でもなんでもない。ただの嘘吐きや。そやからお侍さまが気に病むことは、何もあらへんのです」

佐助が、そう言った。

「恥ずかしい話ながら、人を疑うということは武士の恥と信じて生きてきた。だからすべて真に受けて……この男が不幸なのは、拙者の先祖のせいかもしれないと考えると、申し訳なくて、できるだけ助けてやろうと思った。金を望まれるままに渡し続け……不安で眠れず……幽霊などいるわけがないとは思いつつ、無理を言って文を頼んだのは、どこかで断ち切るきっかけが欲しかったのじゃ。拙者だとて、薄々、この男の話は本当なのかと怪しんでいた。けれど、もう、これで、はっきりいたしました。金は、渡しませせぬ。そして先祖の因縁などなかったのだと——礼を申し上げまする」

そう言って、新之助はもう一度、深く頭を下げ、再び顔をあげる。

「京にいるうちに、徳川の武士たちの供養も兼ねて、伏見城の床を天井にして祀る寺に、参ってこようと思っております。しっかりこの目に焼き付けて、江戸に戻ろうと――」

新之助は、涙を拭うように目に手をあてた。

「お琴さんは、最初から全部わかっとったん？」

お侍さまが来た翌日、お礼参りをしようと、琴が真魚を誘って、ふたりで伏見城の大手門が移築してある御香宮神社に来ていた。

「幽霊なんていないと思っていますからね。お侍さまの中にある、そのような夢を見てしまううしろめたさの正体を探ればいいと思って、佐助さんに頼んだんです。真魚ちゃんもわかったと思うけれど、あのお侍さま、真面目で正直で、いい人でしょ。だから人をたやすく信じてしまうんです。『いい人』って、厄介でもあるんですよ。佐助さんが言っていたとおり、最初からお侍さまの先祖の話をどこからか聞いて、狙ってたんじゃないかとは思ってます。悪い男にとって、ああいう『いい人』は、カモでしかありません。つまりはね、いい人は、愚かな人でもあり、挙句の果ては周りにも迷惑をかけますから、褒められたもんではないんです。詐欺師の嗅覚はすごいんですよ。誰よりも人を見抜く目を持っているけれど、それを悪いほうに使う」

「うちやなくて、佐助さんに佐木という男のことを喋らせたのはなんで？」

「ああいういい人でも、お侍さまですから。小娘に何がわかるんだって、刀でも抜かれたら厄介だと、一応警戒もしていたんです。実際に調べてくれたのは佐助さんだし、男のほうがいいと思ったんですよ。男、特に武士道を妄信している者は、体面をとんでもなく気にする人が多いですからね。でもあの方は、そうではなかったみたいですね」

　ふたりは社殿の前に立ち、手を合わせ、深く頭を下げた。

「お琴さんは、手紙にどんなこと書かはったん？　だって最初から、届ける相手なんていないと思ってたんやろ」

　顔をあげて真魚がそう言うと、琴はなんだか嬉しそうに、懐から紙を取り出して、真魚に渡す。

「伏見城跡に持っていった、手紙です」

真魚が紙を広げると、そこには何も書いていなかった。

真っ白だ。

「……どういうこと?」

「だって、幽霊なんていないし、死んだ人に手紙なんか、届けようがないじゃありませんか」

まさか、何も書いていなかったとは、真魚は思いもよらなかった。

「そやったら、お琴さん、手紙書いたて言うたんは、嘘なん?」

「そうです。お侍さんを騙してお金をひっぱろうとした男と同じく、私も嘘吐きです。人は誰も嘘を吐くんですよ。真魚ちゃんだって、小さな嘘ぐらいあるでしょう」

真魚は頷いた。

心当たりは、たくさんある。

お由井に買い物を頼まれて、お代を負けてもらったから、余ったお金で餅を買ってこっそり食べたとき、お由井にそのことを話さなかった。あれも嘘を吐いたことになるだろう。

「だからね、嘘吐きって、責められないんです、誰のことも。それに、人を傷つける嘘ばかりじゃない、人を守るための嘘だってあるから、悪いことばかりじゃないんです」

ふたりは御香宮神社の、伏見城の遺構である豪奢な門をくぐり、外に出る。

「幽霊なんていません。人は死ねばそれまでで、生まれ変わりもない。すべてが終わりで、あの世も存在しません。幽霊がいるとしたら、それは生きている人が作り出したものです」

琴は、まるで独り言のように言葉を続ける。

「亡霊だけじゃない、生霊だって、いません。私だとて、魂を飛ばしてみたいと願ったことはあるけれど、そんなことはできるはずがないのです。たとえ死んで幽霊になって会いに行こうとしても、相手が私のことを想っていなければ、現れることなどできないのを、嫌になるぐらい知っています」

琴がそう口にするのを耳にして、真魚はふと、お琴さんには、かつて大事な人がいたのではないかと思ったが、その悲しげな眼差しを見ていると、何も聞くことはできなかった。

第四章　饅頭《まんじゅう》喰《く》い

汗が、白い肌にたらりと垂れているのを見て、お琴さんでも暑いのだから、もう夏なのだと、真魚は思った。

琴は、いつも涼しげな顔をしていて、普段、暑いとも寒いとも、滅多に口にしない。そんな琴が汗を流し、手ぬぐいを額にあてていた。けれど、どこかその姿も、優雅だった。

真魚はひっきりなしに汗をかいているが、もう拭うのも面倒だった。

京都は特に蒸し暑いのだと、琴から聞いたことがある。

「京は山に囲まれた盆地だから、ひときわ夏は暑くて、冬は寒いのです。それは存じていましたが、京に住むようになって肌身にしみています」と。

真魚は京の伏見に生まれ、ここを出たことがないから、こんなものだと思って過ごしてはいるが、よそから来た人には、暑さも寒さも応えるらしい。

そんな中、ふたりは月待屋を朝方に出て、伏見稲荷《いなり》に向かっていた。

伏見稲荷は知らない者はいないだろう昔からあるお稲荷さんで、遠くから参拝客が訪れもする。

とはいえ、正直、真魚にとっては小さい頃から、当たり前にある神社で、そうありがたみも感じてはいなかった。ただ印象に残るのは、大きな狐《きつね》が祀ってあることだけだ。

子どもの頃、伏見稲荷にお参りした際に、石でできた狐が怖くて泣きだしてしまったことがあると、母のお由井から聞いたこともある。

「伏見稲荷にいるのは狐というか、眷属《けんぞく》なんです。稲荷の神に仕える眷属。だから怖がることはありませんよ」と、道すがら、琴は笑みをたたえながら言った。琴にも、真魚が怖がって泣いた話が伝わっているようだ。

「伏見稲荷は、平安京が桓武天皇によって造営される前から京都にいた豪族の秦氏《はたし》が作ったと言われています。というか、そもそも桓武天皇によって山城の地に都が移ったことにも、関係しているとか。それぐらい大きな力を持った人たちでした」

「その秦氏って、今はどうしてるん？」

「それが、不思議なんですよね。忽然《こつぜん》と姿を消している。いろんな説がありますけどね」

お琴さんは、もともと京の人じゃないはずなのに、なんでもよく知っている。

この人がもしも男だったら……と、母がよく口にするが、真魚も同じことを考えずにはいられない。

そしてもしかして、琴が何かわけあって独り身なのは、その賢さが関係あるのかもしれないとも、最近思う。

「稲荷は稲が成《な》るという意味です。人が生きるために必要なお米、それがないと豊かになれません。食べないと、人は死んでしまいます。大事なお米を育ててくれる人たちへ感謝するための場所だと思っています。お稲荷さんに限らず、神社はお願いごとをするのではなく、感謝のお詣りをするところなんです」

琴は、そうも言った。

家の近くには、いろんな神社が、当たり前のようにある。

それぞれ違う神さまがいるのだということを、今まで考えたこともなかった。琴といると、勉強になる。伏見から出たことのない自分の世界が広がっていく感覚がある。だから琴のことが好きなのだと、真魚は思った。

ふたりが汗をかきながら、久しぶりに伏見稲荷に向かっているのは、お由井から買い物を頼まれたからだ。

月待屋は、五部屋しかない小さな旅籠だが、それぞれの部屋には季節の花が活けられ、人形が飾ってあった。

それが伏見人形といわれる、土人形だ。

もともとは稲荷詣での土産として作られたという。

今はあちこちで似たものが作られているが、元来は稲荷山の土で作った大根や人参の焼き物を畑に入れた信仰に基づいていて、深草《ふかくさ》の瓦師が余技で郷土人形を作ったのがはじまりだ。稲荷山から深草にかけての良質の粘土からできている――これも琴から得た知識だ。

「最初にはじめた人は、関ケ原の戦いで負けた浪人で、伏見稲荷の門前に住みつき、作って売るようになったそうですが――それも定かではありません」

とにかく江戸の元禄《げんろく》時代から発展して、伏見街道には窯元が並んでいる。

客室に飾られたその伏見人形のひとつが、壊れたのだ。

「お侍さんが、酔っぱろうて壊してしまわはったんや。弁償するってお代を置いてくれたのはええけど、態度が悪かったわ。まったく、どないしたら酔うて床の間に置いてある人形を壊すんやろう。いろたらあかんもんやて、わかるやろに、難儀な侍が増えたような気がして、ほんまかなわんわ。世の中が、どうもややこしいことになってるからやろか」

お由井は、そう言った。

確かにこのところ、世の中がざわついているのは真魚ですら感じている。伏見を行きかう人も増えたし、お侍さんたちが殺気立っているような気がしていた。

メリケンから黒船が来て、そのあとに続けとばかりによその国の人たちが入ってきたはいいが、外国の人たちが襲われる事件も相次いでいると聞くし、どうも血なまぐさい。

とにかく、伏見人形を置かないと落ち着かないから買ってきておくれと、真魚がお由井に頼まれて出かけようとすると、珍しく琴が、私もついていきますと言い出したのだ。

「実は、まだ京に来てから、伏見稲荷にはお詣りしていないのです」

と言われ、ああそうかと、真魚は頷いた。すっかり真魚は琴に馴染んでいるが、琴が月待屋にいつくようになったのは、まだ最近のことなのだ。それまでどこで、何をしていた人なのか、知らないし、聞いてはいけない気がしていた。

伏見稲荷の参道の入り口までくると、茶店や土産物屋が開いている。

まずお詣りを先にしましょうと、ふたりは石の階段を上っていった。鮮やかな朱塗りの社があり、その後ろには稲荷山がそびえている。

「なるほど、立派な神社です。さすが稲荷社の総本宮です」

琴によると、お稲荷さんというのは、あちこちにたくさんあって、その親分みたいな存在が、この稲荷大社らしい。

ふたりは手を合わせ、お詣りする。

まだ太陽はぎらぎらと照って熱いままだが、ちらりと琴のほうを見ると、汗はすっかり引いていた。

琴は目をつぶり手を合わせ、一心に祈っている様子だ。

何を祈っているのだろうと真魚は考えた。

本当に自分はこの人のことを、何も知らないのだ。

参拝を済ませて、さきほどは速足で通り過ぎた参道を戻る。

真魚が驚いたのは、鳥の姿をそのままで焼いたものが売られていることだ。たれの匂いに惹かれて目をやると、思わず声をあげそうになった。

「雀《すずめ》は、まだ収穫していない稲を食べてしまいますから、米を作る者からしたら、害なんです。だからあのように、串にさして焼いて食べるのですよ」

琴は、笑いながらそう言った。

「お琴さんは怖ないいん？　だってあれ、雀そのままやで」

「怖くないですよ。だって、鳥じゃないですか。人間ではあるまいし」

と、やはり涼しげな顔でいうので、真魚は琴は度胸があると、改めて思った。

ふたりは参道の入り口にある店の、「伏見人形・稲なり屋」と書かれた青い暖簾《のれん》をくぐった。

お由井が、いつも購入している馴染みの店だと聞いていた。

店内にはところせましと様々な人形が並べてある。干支《えと》の人形、頬がぷっくりした女の人、赤ん坊、七福神、獅子舞《ししまい》、福助人形などが目につくが、やはり多いのはお稲荷さんを護る狐だ。

伏見人形って、こんなに種類があるのかと、真魚は感嘆した。

どれもまるくて、愛らしい。

「月待屋から来ました」

と、真魚がいうと、主人らしき、どっぷり太った男が、嬉しそうに笑った。

「おいでやす。あつおすなぁ。おや、もしかして真魚ちゃんかいな」

「へぇ」

「覚えてへんやろうけど、お由井さんが手を引いて真魚ちゃんを連れてきてくれはったことがあるんやで。大きいなったなぁ。あれ、こちらの方は」

「月待屋でお手伝いをさせてもらっている、琴と申します」

と、琴は深く頭を下げた。

「月待屋さんに、こないべっぴんさんがいはるんやなぁ」と、驚いた顔を見せ、

「あらためまして、ご挨拶させてもろてええやろか。わしが主人の伊作《いさく》と申します。

お由井さんには古うからご贔屓《ひいき》してもろとります」と、頭を下げた。

部屋に置く人形をお客さんに壊されてしまったので新しいものを求めに来たのだ

と、真魚は話す。どれがいいかは、真魚が選んでくれとお由井に言われていたが、種類が多いので、迷ってしまう。

「これなんかは、どうでっしゃろ？　人気の人形やで」

店主がそういって指さしたのは、やはりまるまるとした子どもが、両手で饅頭を手にしている人形だ。

「饅頭喰《まんじゅうく》い言いますんや。顔がまんまるして、おぼこうて真魚ちゃんに似てるやろ」

主人がそういうので、真魚は自分はそこまで丸くないと少しムッとして、言い返しそうになった。

「甘いものが好きなのも、真魚ちゃんぽい。お饅頭好きでしょ」

と、琴が口にするので、確かに甘いものが好きだから、まあいいかと、真魚は「これにします」と、主人に告げた。

土の人形だから、壊れやすいのだと、主人は丁寧に紙で人形を包んでくれる。

「正直言いまして……うちの商売も、いつまでやれるかわからん。そやから、月待屋さんがこうしてずっとうちの人形をご贔屓してくれはるんは、ありがたいんです。

お由井さんに、あんじょう御礼を言うといてください」

「いつまでって……お店をやめはるの？」

　思わず真魚は問うた。

「わしが元気なうちは続けたいんやけど、跡取りがおらへんのです。うちの夫婦には子どもができひんかった。いや、それよりも、うちの……古うからいる職人が、腕が良うて頼りにしてきとったんやけど、どうも具合が悪《わろ》うてなぁ。頑固者で、嫁さんと子どもにも逃げられた男で……。他にも作れる職人はおらんことないんやけど、ええ人形だけを売りたいいう商売人の意地はあるんですわ。その職人が作られんようになったら、もう店は閉めてしまおかって女房と話してますのや」

　主人は、そう言って、包んだ人形を真魚に手渡した。

「人形を買わへんでもええし、またふらっと遊びにきてや。月待屋のお由井さんには、くれぐれもよろしゅうお伝えください」

　ついでにお土産だと、参道で売っていた大福餅をわざわざ買いに行って、手渡してくれた。

　とにかく人形を落とさないようにと気をつけて、ふたりは月待屋に戻る。

「暑かったやろ、ごくろうさん」

と、お由井は井戸から汲《く》んだ水を出してくれた。

ごくごくと、ふたりは喉を鳴らし、水を飲む。

「饅頭喰いか、可愛らしいなぁ」

真魚が選んだ人形を、お由井は気にいったようで、にこにこしながら眺めている。

「旅籠をはじめたときに、部屋が寂しいと思て、人形を飾るようにしたんや。旅で疲れたお客さんに、安心して休んで欲しいやろ。何ぞ京のもんをて考えて、伏見人形がええわって、お稲荷さんにお参りするついでに買いに行ったんや。いろいろ見てまわったけれど、稲なり屋さん、あのお店の人形が一番よかって、それからはずっと馴染みにしてる。御主人も、ええ人やし」

そう言って、お由井は両手でそっと人形を、まるで赤ん坊を抱くように腕でつつみこんで、客間にもっていった。


真魚と琴が伏見稲荷大社に行ってから、十日ほどした頃だった。

ふらりと、人形の店の主《あるじ》の伊作が「おはようさんどす」と、訪ねてきた。

「どうしはりましたん、わざわざ」と、お由井が台所仕事の手を止めた。

何やら、ふたりで話し込んでいたが、お由井が真魚を手招きして、そのまま離れに行き、琴にも声をかける。

「お琴さん。今、稲荷の人形屋さんが来てはるんよ。どうもほら……懸想文の話を聞きつけたはったみたいなんや。人形屋さんやのうて、そこの職人さんが、書いて欲しいって言うてはるんやて。その職人さん、具合悪《わろ》うて、もう長《なご》うないらしいて、少し前から寝たきりなんや。そんな事情やから、うちまで来ることもできひんし、伏見稲荷まで来て話を聞いてくれへんかって言うてはるんよ。懸想文は、うちの離れでひっそりとやってるもんやのに、なんや大ごとになって申し訳ないわ」

「いいでしょう、行きますよ。早いほうがいいですね」

と、あっさり琴が答えたので、真魚は拍子抜けした。

やはり琴は、「懸想文売り」をしはじめてから、元気そうだ。だから懸想文売りになることは、たぶん琴にとって、いいことなのだ。

おおきにとお由井は頭を下げて、旅籠の玄関先に腰をかけている人形屋の主人の伊作に承諾を伝えたのか、伊作は何度も礼を言って、帰っていった。

「お琴さん、ええの？　この部屋やなくても」

と真魚が聞く。

「別にそんなに遠くでもないから、かまいませんよ。ただ、懸想文売りの恰好をして歩いていくと目立ちますから、どうしましょうかね」

と、なんだか琴は楽しげであった。


早い方がいいだろう——と、それから三日後に、真魚と琴は再び伏見稲荷に向かう。やはりその日も、夏日で汗が垂れてしまう。

結局、稲荷近くのお由井の知り合いの家で着換えさせてもらった。かつてはお茶屋をやっていたというその家に住む女性は、高齢で目がほとんど見えないらしいが、足腰はしっかりしているようだった。

懸想文売りの姿に変わった琴と真魚は、途中で人形屋の店主の伊作と待ち合わせして、稲荷街道沿いにある長屋に足を踏み入れた。

扉を開くと三和土《たたき》があり、草履を脱いで店主が障子をあけると、男が寝ていた。髪の毛はすべて白髪でやせ細り、布団に横たわっている。

これは、と、真魚は鼻を押さえたくなるのを堪《こら》えた。

衰えた人の匂いだ。鼻の奥がつんとする。

横たわった男の顔は土色で、もう生きてはいない人のようだと思ってしまった。

「時蔵《ときぞう》さん、懸想文売りさまが来てくれはったで」

店主がそう言うと、時蔵と呼ばれた男は、目を開ける。

「このような恰好で……すまんことです」

絞り出すように、そう口にした。

「いえ、かまいません」と、真魚は返す。

「月待屋さんの、懸想文売りの噂は、耳にしとりました。願いを叶える文を書かれて、届けてくれるという……御覧の通り、わしはもう、文を書く力は残っておりません。月待屋さんが、わしの人形を買《こ》うてくれたとそこの主人に聞きましてな、無理を承知でお願いしたんです。こんな暮らしですが、妻子もおらんもんで、多少のたくわえはありますから、葬式代を除いて、それをすべてお渡ししますので、どうか、文を」

そこまで言って、男は咳《せ》き込んだ。

心配気な顔をして、人形屋の主人が男をのぞき込む。

「懸想文売りさま……時蔵は長年、店のために尽くしてくれました。根っからの職人肌で、若い頃は気も荒く、そのせいで妻子にも逃げられ、弟子もいつきませんでした。私とも、さんざん人形をめぐって喧嘩《けんか》もしました。そやけど、やはり時蔵に代わる職人はおらんと思とります。このように病に侵されましたが、最期まで私が面倒を見てやろうと決めとります。どうか時蔵の願いをお聞きくださいい」

承知しました——と、真魚は口を開く。

「懸想文売りさまは、さるやんごとなき身分の高い方のご落胤で、事情があり世に身を潜めて暮らしておられますので、顔を隠し声も隠すのはご容赦くださいい。さて、どうぞ、遠慮なくお話しください」

いつもと場所が違うので、勝手が違ってやりにくい気がしたが、しょうがない。

口上が終わると、懸想文売りの姿をした琴が、ふところから香炉を取り出して、火をつけた。

柔らかい香だと、真魚は思った。

いつもは花や果物を想起させる匂いだが、今日の香は違う。

これはなんだろう――ああ、土の匂いだ。懐かしい、子どもの頃に泥だらけになって遊んだときの安心感が蘇《よみがえ》る。

着物を汚してお由井に怒られはしたけれど、楽しかった。

いつのまにか、その土の香りのおかげで、時蔵から漂う衰えた人間の匂いが、薄まった。

「さあ、お話しください」

真魚が声をかけると、時蔵が口を開く。


さきほど店のあるじが言うたように、わしは妻子に逃げられました。

恨んではおりません、逃げられるようなことをしたのは、わしですさかい。

若い頃は周りが見えず、とにかく良い人形を作りたいということしか、頭にありませんでした。誰よりも腕が良い職人と呼ばれたいと思とったんです。

嫁をもらい、息子がひとり生まれました。

息子の名は、由助《ゆうすけ》と申します。

男の子が生まれたとき、わしは大喜びしました。それは、この子にも人形を作らせて、自分の跡を継がせられると思たからです。わし自身は覚えとらんのですが、「女でのうてよかった！　女やったら役にたたんからな！」と、口にしたそうです。

今思えば、それも勝手な話でしたが、自分の技を伝える相手ができたという喜びだけしかあらへんかった。

弟子をとったこともありますが、さきほどあるじが言うた通り、長続きしいひんかった。どうもわしは、自分と同じぐらいの出来ではないと納得できず、きつく当たっとりました。

けれど、自分の子どもであらば、わしから逃げることはないやろう——そんなことを考えていました。

わしは傲慢でした。人から見たら、ただの土産物の人形かもしれませんし、このような人形を作るのに地位も名誉もありません。それでも、自負しておったのです。わしは日本一の職人であると。

おそらく京を出ると、わしがとうていかなわぬほど巧みな技を持つ者もおるのでしょうが、わしは京を出たことはありません。狭い世界で、ひたすらに打ち込んでおったのです。伏見で人形を作るのが、わしのすべてでした。

家族のことは、全く顧みることもできひんかったが、それがようなかったらしく、由助が六つになったときに、女房が家を出ていこうとしました。

お前が出ていくのはかまへんが、由助は置いていけと言うと、女房はあんたみたいな人でなしのところに子どもをおいていけるかと言い返してきました。

女房の言い分は、あんたは子どもを自分が人形を作る道具としか見てへんということでした。

確かに――そうやったかもしれません。

由助が生まれ歩けるようになってから、わしは自分の子どもの、丸い顔や、しぐさをじっと見て、筆で紙に書いて、それをもとに人形を作るようになりました。

それがまた、愛らしいと、よく売れました。

月待屋さんが買《こ》うてくださった「饅頭喰い」、あれも、そうです。由助の姿をもとに作ったのです。

でも、どうやら女房はそれも気にいらんかったようやった。

あるとき、こんなことがありました。

由助が毬《まり》で遊んでいる姿を眺めて絵を描いてると、そのうち息子が、小便をしたいと立ち上がったのですが、わしは「今、動くな。動くと絵が描けへんやないか」と、止めたのです。その言い方が強かったらしく、由助は泣きだして小便をもらしてしまいました。

由助の泣き声を聞いてかけつけてきた女房は、「あんたは子どもより人形のほうが大事なんか」と、睨みつけました。

そう問われると、わしは「違う」とも口にできひんかった。

そんなことは、ちょくちょくあったような気もします。わしは気にも留めていなかったのですが、女房の中ではつもりつもっていたようで、出ていくと言われました。

女房と息子の取り合いになりました。お互いが言い争いの末に、由助の手をひっぱるので、由助が泣き出しました。

由助は、いやいやいややと、母親の名を呼び、おとっつぁんなんか、大嫌いやとも言われ、それでようやく腕を離しました。

でも、結局は、主人の伊作さん夫婦にも、あんたひとりで子どもを育てることなんてできひんと言われ、諦めざるを得ませんでした。

別れた女房と息子が、六条《ろくじょう》あたりに住んでいることは知っとりましたが、会うことはありません。

そやけど五年前に、女房が病気で亡くなったと、知らせてくれた人がおりました。

そのときに、もうひとつ、驚いたことがありました。

息子の由助が、人形を作ってると聞いたのです。

しかも、わしが作ってるのと同じ、土人形です。

確かに清水寺《きよみずでら》の参道にも、土産物にと土人形を作って売っている店が一軒だけあるとは知っていました。

どんな事情があったのか知らんけど、どうも由助はそこに弟子入りをし、人形を作るようになったそうなのです。

わしは人に頼み込んで、その人形を手に入れましたが……正直言って、がっかりしました。粗く、魂のない人形としか思えんかった。

そんなもんは世の中にぎょうさんありますが、自分の血を引いた、本当ならばわしの技術を受け継ぐはずやった我が息子が、こんなもんを作り売っていることに、ひどく腹が立って、床にたたきつけて割ってしまいました。いっそ、全く関係がない仕事をしていてくれたほうがよかったと、くやしいてたまらんかった。

今からでも、技を学ばせたい――と思っとりましたが、由助からしたら幼い頃に別れた父親から、いきなりそのようなことを言われても、戸惑うだけでしょう。やはり身勝手な父親だと怒るかもしれません。だから諦めようとしとったんやけど――御覧のように、わしも病に臥《ふ》せり、自分の命がそう長くないのを感じとります。

せめて生きている間に、わしの人形作りを一度だけでも見てもらいたい――そう願うているのですが、このような身では清水まで行くことも叶いません。

懸想文売りさまにお願いというのは――こんなわしの想いを文にして、由助に伝えていただけませんやろか――ということなのです。それを読んで、息子がどう思うかは、わかりません。無視されてもしょうがないのは承知しています。けれど、もうすぐ絶えるこの命――せめてもの、願いです。


時蔵はそこでひどく咳き込んだ。

主人が「時蔵さん、無理をしなさるな」と、再び横たわらせる。

真魚は聞いていていて本人の言う通り身勝手な人だとしか、思えなかった。もうすぐ死ぬかもしれないのは、確かに気の毒ではあるけれど、父親として最後に息子に会いたい、という情ではなく、人形のことしか考えていないように思える。

ちらりと琴のほうを見ると、琴は深く頷いた。

この依頼を、受けるということだ。

「時蔵さま、懸想文売りさまが、引き受けてくださるとのことです」

真魚がそう言うと、時蔵はもう声がでないのか、ぱくぱくと歯の無い口を開けたり閉じたりしていた。どうやら御礼を言いたいようだった。そして再び咳き込み始めたので、真魚と琴はおいとまることにして、長屋を出た。

そのときには、香はもうすべて灰になり土の匂いが消え、再び衰えた人の匂いが漂っていた。

再び琴は着替えて、ふたりで月待屋に帰る。

「由助さん、おとっつぁんのところに来はるんやろか」

真魚がそうつぶやくと、琴は「来ますよ」と、答えた。

「来させるんです。それが我々の役目ですから。親としての情愛には欠けているかもしれませんが、職人としては本物なのでしょう」

　真魚は琴の言うことが、よくわからない。

「本物って、どういうこと？」

「魂を売り渡している人のことです。他人から見たら、ただの土産物の人形かもしれない。だから酔っぱらって壊してしまっても平気な人もいるわけでしょ。でも、そんなものにも、家族をなおざりにして精魂注いでいる人がいる」

「ひどい人やんか」

「本当にね。でも、何かしら秀でた才を持つ人間は、その引き換えに心のどこかが欠けているものですよ」

　琴の言っていることに、真魚は納得ができなかったが、まあ引き受けたのだからしょうがないと、それ以上の言葉を呑み込んだ。

　月待屋に戻り、お由井と、たまたま来ていた佐助に詳細を話した。

「確かに腕のいい職人さんやで。そやからうちは、あの店でしか買わへん。よそから来たお客さんの中にも、今まで、可愛らしい人形や、どこで売ってるんやと聞かれて、店を紹介したことは何度もあるぐらいや」

しみじみと、お由井はそう言った。

「まずはその息子の由助さんを探さなあかん……そやけど清水寺の参道の土人形の店やから、すぐに見つけられそうやね」

と言って、佐助のほうをちらりと見ると、佐助もにやっと笑って頷いた。

「二、三日中に書き上げますよ」

と、琴は涼しい顔をして口にした。


言葉通り、二日後琴は「書けました」と、文をお由井に渡す。

今回も、佐助と、真魚が清水へ行くことになった。

真魚は絶対についていくつもりだった。その息子の顔を見たいのだ。

清水は、そこそこ時間がかかるので、朝餉を食べてから、佐助とふたりで北へ向かう。少し曇り空で助かった。暑くて汗をだらだらかくのは、疲れる。それに清水寺は、昔、一度、お由井と一緒に参拝したことがあるが、結構な坂道だった覚えがある。

「清水寺を作った延鎮上人《えんちんしょうにん》って人が、本当に信心深い人しか来られないようにその場所に作ったんだって話もあるんですよ」と、琴から聞いたことがある。

「清水寺の奥の子安観音は、安産の仏さまや。お由井さんが、真魚ちゃんがお腹にいるとき、お詣りしてはった」

と、道すがら、佐助が口にした。

「へぇ。知らんかった」

「そら真魚ちゃんはお腹の中におったしね」

と、佐助が笑う。

ゆるやかな清水寺への参道を上がっていくと、道沿いに土産物屋が並ぶ。多いのが陶器の店だ。

清水焼《きよみず》というのだとは、佐助が教えてくれた。

「さっき通った五条坂《ごじょうざか》で、作られてるんです」

透明感のある青色の湯飲みなどが多い気がしたが、それが清水焼の特徴だという。

「真魚ちゃん、どないしょ？　せっかくやから観音さんにお詣りしよか？」

と、佐助に問われて、真魚は頷いた。

清水の観音さまは、有名だ。昔、お由井に連れてこられたときは関心もなく、ど

ん な観音さまだったか全く覚えていない。ただ、帰りに立ち寄った茶店のくずきりが美味しかったことだけが記憶に残っている。

　ふたりは参道を上まであがり、世に知られている清水の舞台にあがり、観音さまを参拝する。

　清水の舞台は、思ったよりも景色が良かった。

　崖の上にせり出している舞台は「懸崖造《けんがい》り」というのだと佐助に教えてもらった。

　舞台の上からは、遠くの山々も見える。

「あの山の向こうが、浪速の国、伏見からも三十石船に乗ったら途中まではたどり着けます。川と船があれば、いくらでも遠くに行けるんや」

「私でも、行けるん？」

「そやなぁ、誰でも自由に、どこでも行ける日が、そのうち来るんやないかな。メリケンから船が来たぐらいやから。さあて、この国はどないなるんやろね」

　そこで佐助は話を変える。

「清水の舞台から飛び降りるって言葉、真魚ちゃん知ってるか？」

「聞いたことあるかもしれん」

「この清水寺の舞台から飛び降りる勇気をもって、何かやるってたとえや。そやけど実際にここを飛び降りた人もおるみたいです」

「え、怖いやん」

真魚はそう言って、改めて舞台から見下ろす。

「まあ、怪我《けが》はしたらしいです」

「怪我ですんでよかった」

真魚がそう言うと、佐助は「そうやねぇ。しかしあほなヤツがおるもんや」と、笑顔を見せる。

そうしてぐるっとお寺をまわってから、同じ道を今度は下がっていく。

「ここやな」

と佐助が、一軒のお店の前で足を止めた。

店頭に、人形が並んでいた。

まず目に留まったのは、先日、真魚が伏見で買い求めた「饅頭喰い」だった。子どもが両手に饅頭を手にしている。

ただ、違う。

この人形も愛らしくはあるけれど、時蔵の作った人形とは違うのだ。まず、土肌のなめらかさが違う。こちらのほうがざらついている気がする。そもそもの土が違うのかもしれない。

「ごめんください」と、佐助が店の奥に声をかけると、若い女が現われた。

「おいでやす」

目もとが涼し気で、ほっそりした女だ。

「ちょっと人を訪ねて参りました。こちらの職人さんの由助さん、いらっしゃいますか。渡したいものがありまして」

「へぇ……今日は奥におりますが。少々お待ちを」

女は困惑した表情を見せて、いったん引っ込み、何やらやり取りしている声が洩《も》れた。

もう一度、女が顔を出す。

「渡したいものとは、なんでございますやろか」

「伏見で土人形を作っている時蔵さんという方から、由助さんに伝えたいことがあると、手紙を託されたんです」

真魚は、そう言った。

女はやはり困った顔をして、再びひっこみ、今度はすぐに出てきた。

「……父親とは幼い頃に別れたきりなので、今さら用事などないと申しとります……申し訳ございません」

女が深く頭を下げる。

予想はしていたことだ。

「しゃあない。帰るとしましょうか」

と佐助が口にし、真魚はぐるりと店を見渡す。

あんな身勝手な父親だから、あたりまえだという想いがあった。

ふたりが出ていこうとすると、軒先で女がそっと小声で真魚に囁《ささや》く。

「あの、亭主はああ申しとりますが、うちからなんとか読ませるようにしますので」

真魚は振り返り、懐から、琴が書いた手紙を出して、女に渡した。

「おおきに、またおいでやす」

と、女は深く頭を下げた。

ふたりが汗をかきつつ月待屋に戻ると、琴が縁側で扇子片手に何やら飲み物を口にしていた。

「おつかれさま。甘いものでも飲みますか。冷たくて、おいしいですよ」

「何それ」

「ひやしあめです」

そう言って、出された琥珀《こはく》色の冷たい液体を口にして、思わず、「ほんまや、ひやこい」と言葉が出た。

「で、どうでした」

「由助さんには会えへんかったけど、女将さんが受け取ってくれた」

真魚がそう言うと、「そうなんですね。たぶんなんとかなるでしょう」とだけ琴が口にした。

清水の土人形の店から、夫婦が訪ねてきたのは、十日もした頃だった。

店にいた女と、これまた若い、こざっぱりした男がいきなり来たのだ。

「突然、申し訳ありません。先日わざわざ来ていただいた清水の店の者です」と言われ、お由井が店に通し、真魚と琴を呼ぶ。たまたまふたりとも家にいた。

あの時蔵の息子だから、気難しそうな人かと思っていたが、全くそんな様子はなく、由助はひたすら恐縮しているようだった。細面の、優しげな人だ。

「先日は父から呼びつけられたのだと早とちりしてしまいまして……あのような非礼をはたらいて申し訳ありません。女房にさとされ、文を読みました。月待屋さんに懸想文売りという方がいらっしゃるのは、私も噂でちらりと耳にしとりましたので……」

と、申し訳なさそうに頭を下げる。

「文を読ませていただきました。父は私に土人形の腕を伝えておきたいと思っているそうですね。命もそう長くないからと……ただ……」

由助はそこで言いよどんだ。

真魚が口を開く。

「そもそも、なんで由助さんは、人形作りをしようと思わはったん？」

由助は少しばかり躊躇《ためら》いを見せたあと、語りはじめた。

「私と母は、人形のことしか頭にない父が嫌になり、家を出ました。その際に、父と母で私の取り合いになったことも覚えとります。母は私を職人だけにはしたくないと申しておりました。それぐらい、父が嫌になったのでしょう。私かて、そうでした。けれどあれは十七になる頃です。それまでは母の父が営む料理屋で下働きをしとったんです。自分で言うのもなんやけど、私は働き者で、店のものたちにも可愛がられて、料理人にでもなろうかと考えとりました。それが――」

由助は、ちらりと隣にいる妻のほうを見る。

「あるとき、店が雇っていたおなごのひとりが旦那の子を孕《はら》み、清水の観音さまにお参りに行くのに坂が多いから心配やと頼まれ、ついていったのです。何の因果か、清水にお参りした帰りに、そのおなごに腕を引っ張られ、土人形の店に入りました。どこにでもあるような土人形ばかりでしたが、『何かお探しですか』と、店の女に声をかけられ……実は、それが今の女房です」

由助がそういうと、妻がこくりと頭を下げた。

「女房の父が、作っていた土人形やったんです。それからいろいろありまして……一緒になることになり、女房の父に頼まれ私が継ぐことになりました。もちろん悩みもしましたが、その頃、下働きをしていた料理屋の主人が亡くなり、新しい主人とそりがあわず出ていかざるをえなくなったんです。父親と同じ道にすすむのは躊躇《ためら》いもありましたが、それより女房を助けてやりたい気持ちが勝ちました。三年ほど、女房の父の許《もと》で修行をし、ひとり立ちしました。女房の父は昨年亡くなって、未熟ながらも私の作ったものだけを売っとりますが……どうも私は実の父ほどに才も技もあらへんのは、作れば作るほど身にしみいります。そやけどお詣りに来る人も多い場所やから、土産としてぼちぼち売れるおかげで、なんとか暮らしていけます。伏見と違い、清水で土人形を作る職人は私しかおらへんから、競争もない。そこに甘えて出来のようないものを作り続けていることには、自分でも情けのう思っとりますが……」

由助は少しうつむき、再び顔をあげて話を続ける。

「一昨年、子どもが生まれました。今日は女房の母が面倒を見てくれとります。私はこの子がかわいいてかわいいて、せやから、自分の父がいかにひどい人やったのかを思い出すと同時に、やはり私は父のような家族を二の次にする職人にはなれへんと諦め、日々を送っとります。そんな穏やかな暮らしの中、懸想文売りさまを通じて父からの手紙を読みまして……」

由助は大きく息を吐く。

「せっかく清水まで来ていただいて、申し訳ございませんが、私はやはり、父と会う気はありません。父のような職人にはなれへんけど、それでええと思っとります。私は何より、女房と子どもが大切で、家族が人形作りを止めてくれと言いましたら、止めます。そう、お伝えしていただけたら、ありがたいです」

そう言って、深々と頭を下げた。

「父は……私の人形だけに興味を持ち、私が今、どのような暮らしをしているか、家族のことも、気にはかけておらんようですね。変わらへん人や、情けない。もう呆れて、腹も立ちまへん」

由助は泣き笑いのような表情を浮かべる。

真魚は言葉を探していたが、「そんなことないよ」とは、とても言えなかった。

自分だとて、同じ思いだったからだ。

親子の情など、ない、と。

真魚が琴をちらりと見ると、琴は黙って頷いた。

「わかりました。時蔵さんにはそのように伝えます」

「ありがとうございます。ただ、懸想文売りさまが書かれた手紙は、大切にとっておこうと思います。あんな父でも……職人としては立派な人なのは間違いないのですから」

由助は深く、頭を下げる。

「あの、これ」

由助の隣に座っていた女房が、ふところから包みを取り出した。

「うちからです。時蔵さんに、渡してくれへんやろか。この人が作った人形です。確かに技術は拙いかもしれませんが、うちの子を見て作ってくれて、売り物にはしてへん人形なんです。せめて、これを」

そう言って、箱を取り出して真魚の前に置く。

「お前……」

由助はとまどっている様子だ。

「あんた、うちはあんたに本当に大事にしてもろて、感謝しとります。それやからこそ、あんたの血のつながったおとっつぁんが気にもなってるんや。これはうちの気持ちです。由助の嫁からやとお渡しください」

そう言うと、由助は黙り込んだ。

ふたりは何度も礼を告げると、寄りそうように帰って行った。

翌日、真魚は佐助とふたりで伏見稲荷に向かう。途中、また人形屋の亭主と合流し、時蔵の家を訪ねた。

わずか数日しか経っていないはずなのに、時蔵の顔色は暗い土気色で、もう長くないのは、真魚の目から見てもわかった。

これでは、いざ息子が訪れても、人形作りを見せることなど、できないだろう。

「申し訳ございません。手紙を渡しはしたけれど、由助さんは、来ないとおっしゃってます」

「承知しておりました。わしとて、最初から、期待などしとりません」

絞り出すように、時蔵はそう答える。

「これを、由助さんのお嫁さんから預かってきました」

真魚が包みを出すと、主人がくるまれた布を解く。

そこに現れたのは、饅頭喰いだった。

「あぁ……」

時蔵は人形を手にして、涙をあふれさせる。

「あの子は――」

それだけ言って、咳き込んだ。

これ以上ここにいたら、ますます具合が悪くなるんじゃないかと心配になったところ、店主の伊作が「ありがとうございます。お気をつけて」と、帰りを促した。

長屋を出て、伊作が口を開く。

「ごらんのとおり、もう時蔵は長くありません。そやけど最後の最後に、頼みを聞いてくださって、ほんまありがとうございます」と、頭を下げる。

「でも、息子さんには来てもらえへんかった」と、真魚が目を伏せると、伊作は「かまへんのです」と、答えた。

「さきほどの饅頭喰いで、じゅうぶんです」

そう言った伊作の目にも、涙が浮かんでいた。

時蔵が亡くなったと、伊作から文が届いたのは、それから十日も経たぬ頃だった。

静かに息を引き取り、伊作夫婦が葬式を出したと、書かれていた。

そこに報《しら》せを聞いた由助夫婦も駆けつけてくれたのだと。

そして息子夫婦は清水の店を畳み、伏見に移り、稲なり屋の主人の紹介で、伏見の職人の世話になり、いちから伏見人形を作る修行をすることに決めたとも、そこには書いてあった。

「ほら、だから言ったでしょ。由助さんは、必ず来ると。父親が亡くなったあとになってしまったけれど……でも、そうじゃないと来られなかったんだと思うんです。生きてるうちは許せなくても、死んだら薄まる気持ちはありますから。無理して許すこともありませんしね」

と、琴が言った。

お由井と琴と真魚は三人で、離れの縁側に腰をかけ、話していた。

「結局、大嫌いだったはずの父親の仕事を息子さんが継ぐんや」と、真魚は口にする。

やっぱり、その気持ちが、よくわからない。

「由助さんの奥さんが饅頭喰いの人形を、時蔵さんにって預けてくれたでしょ。あれが息子さんの本音だって、時蔵さんは受け止めてくれたんですよ」

琴が言う。

「どういうことなん?」

「あの饅頭喰いの人形はね、父親と母親、どっちが好きかと問われた子どもが、饅頭をふたつに割って手にして『これのどっちが美味しいか』って問いかけた姿って言われてるんです。つまりは、どっちも好きだ、ふたりとも親なんだからってこと」

お琴がそう口にしたので、真魚は深く頷いた。

「あの人形には、そんな意味があるんや」

「由助さんも、いろいろ思うことはあるんだろうけれど、父親と同じ道に進んで──少しだけでも、父を慕う気持ちが芽生えたと、私は思っているんです。だから葬式にも来られたんじゃないでしょうか」

でも、やっぱり、ひどい父親じゃないか──真魚はそうは思ったが、人形を通した職人の親子の間には、自分にはわからないものもあるだろう。

「お琴さん、手紙にはどんなふうに書いたん?」と、真魚が聞く。

「どんなふうにって、時蔵さんが口にしたままですよ。だから、やっぱりひどい父親だと由助さんは思ったでしょうね。でも、たとえば私が、実は父親は息子を想って……なんてつくろったら、嘘っぽくなると思ったのです。それでよかったんです。ろくでもない父親だけど、由助さんにとって、今は父というだけではなく、同じ職人になったのだから、そんな部分を含めて通じ合うものがあると信じていました」

琴は、そう言って、さきほどお由井が買ってきた饅頭を口にする。

「親子でも夫婦でも……人の数だけ形があって、他人にはわからないことやさかいな」

と、お由井が、そう口にした。

「そう、家族のことなんて、他人にはわからないものです。だからわかったふりをする気もない。しちゃいけない」

琴は、まるで自分に言い聞かせるように、そう呟《つぶや》いた。

第五章　伏見の酒

琴の白い頬が、うっすらと紅色に染まる。

普段から綺麗な人だとは思っているが、その姿を見て、あらためて美しいと、真魚は見惚れてしまいそうになった。

「呑み過ぎてしまわないようにしなければいけませんね」

琴は、そう言いながら、お由井の前に盃《さかずき》を出す。

「なぁに、たまにはかまへんやんか」

お由井が、お琴さんの盃に酒を満たす。

琴はそれを口にもっていき、ごくりと呑み干す。

「あぁ、美味しい」

琴の目が潤んでいるように見えた。

お酒とは、そんなに美味しく、女を美しくするものなのかと、真魚は喉を鳴らす。

──ええお酒をもろたんよ。今夜はお客もいはらへんし、私らで呑んでしまおうやないか──お由井がそう言って、一升瓶を持ってきたのは夕餉を終えたときだった。

普段は、仕事があるからと、お由井が酒を口にすることは、滅多にない。もっとも真魚の見ていないところでは、わからないが。

琴が、お酒をたしなむことは、知らなかった。しかもまさか、こんなにも美味しそうに呑むなんて、意外だった。

お由井によると、近所にある、お客さんに出す酒を仕入れている酒屋「みどり屋」で、何やらお祝い事があったという。お由井が酒を買いに行くと、「いつもお世話になってますさかいおすそわけです」と、もらい受けたというのだ。みどり屋は、古くからある大きな酒屋で仕入れる酒の種類が多く、参勤交代で本陣に泊まる大名からも注文が来るという。

今晩は、だいぶ前から泊まるはずだった客たちが、風邪をひいて京に来るのを取りやめたため、急に暇になった。

客のために仕入れた肴《さかな》もあり、日持ちするものではないからと、お由井が琴に声った。

をかけて、急遽《きゅうきょ》、酒を呑むことになった。

　もちろん真魚は、まだ子どもだからと、代わりに酒粕《さけかす》を溶いた甘酒を作ってもらった。

　真魚とて、呑みたいわけではなかったが、琴の様子を見ていると、興味がわいた。

「お琴さん、そんなに美味しいもんなん、お酒って」

「久しぶりにいただきましたが……伏見の酒は格別です。お酒はね、水がよくないと、美味《うま》いものは作れない。伏見の酒は、京の柔らかい水で造ってあるから、口当たりがよく優しい味がするんです。もともと伏見という地名の由来は、伏水……水から来ていると言われています」

「伏見のお酒って、そんなに特別なものなんや」

「伏見稲荷の秦氏の話は、以前、しましたよね。酒造りは秦氏が伝えたものだといわれているんです。秦氏が伏見稲荷に供えるために造ったのが、伏見の酒造りのはじまりといわれ、室町時代に盛んになり、秀吉公が伏見城にいた頃には酒を造る家も増えたそうです。けれど角倉了以《すみのくらりょうい》により高瀬川《たかせ》が作られ洛中との流通が増えると、伏見の酒が都の酒を脅かしたのでしょうか、制限をかけられたのです。昔はもっと伏見は酒蔵が多かったそうなんですけどね」

やはりお琴さんは詳しいと、真魚は感心した。

「お琴さんが、お酒を呑むなんて、知らんかった」

「京に来てから口にするのは、はじめてです。昔はたまにたしなんでいましたけどね、嫌いではありません。それに、めでたいお酒のお裾分けなら、こちらにも福を運んできますから、いただかないと」

琴は、珍しく上機嫌で、そう言った。

「私も、お酒はときどき呑みとうなるんやけど、ひとりやと嫌なことを思い出したり哀《かな》しい酒になってしまいがちやさかい、我慢してるんや。でも今日は、せっかくお祝い事のええお酒があるし、お琴さんがいてくれはるし、楽しく呑めそうや」

お由井も楽しそうだ。

ふたりの女が酒を楽しむ様子を見ていると、真魚はなんだか仲間外れにされている気分になってしまったが、しょうがない。

それに、楽しそうにしているお琴さんを見るのは、嬉しい。

この旅籠に来た頃は、笑っている顔など、見たことがなかったから。

「ところで、みどり屋さんのお祝い事というのは、なんでしょうね」

「詳しくは教えてくれへんのやけど、お嬢さんのことやないかな。あっこのお嬢さん、小夜《さよ》ちゃんていう綺麗な娘やけど、しょっちゅう風邪もひくし、身体が弱いんよ。ひとり娘やさかい婿をもらわなあかんけど、こない身体が弱かったら、子どもも産めへんかもしれんし来てくれる人はおらんやろって、嘆いてはったわ。そうやって縁談もまとまらず……もう二十歳を超えてるはずや。そやけど、最近、段々と元気になったとは聞いてたんや。もしかしたらお婿さんが決まったんかもしれん」

そう言って、お由井は三杯目の盃を呑み干す。

「なんにせよ小夜ちゃんが惚れてる人やったらええのに。やっぱり女は、好きな男のとこへ嫁入りするのが何より幸せやで。なんぎなことがあっても、好きな男とやったら乗り越えていける」

お由井がそう口にした瞬間、入口の引き戸を叩《たた》く音が聞こえたので、お由井は慌てて立ち上がった。

戸を開けると、男が立っていた。

若い男で、帯刀しているからお侍さんのようだ。

「夜分に申し訳ございません。急ではありますが、もし部屋が空いてましたら、二、三日、泊めていただけますでしょうか」

整った顔立ちで、涼し気な目元の男だった。お侍さんにありがちな、威圧感はない。

「はいはい、ちょうど部屋は空いております。用意をしますから、せせこましいとこですが、どうぞおあがりください」

お由井がそう言うと、「かたじけない」と、男は頭を下げる。

「宴会は終わりですね。これぐらいが、ちょうどいい」

琴はそう言って、少しだけ酒が残っている盃を傾けた。

「夕餉は召し上がりましたか」

お由井が聞くと、男は「食べてはおりませんが、腹は減っていないので、おかまいなく。それよりも――」と、何やら話しながら、お由井と一緒に部屋に入っていった。

しばらくして、お由井がひとり戻ってきて、離れに帰ろうとする琴を引き留めた。

「あのお客さん、いろいろわけありみたいや。仇討《あだう》ちがどうのこうので……うちに来たのは、どうも懸想文の噂を聞いてのことらしいんよ。今日はもう眠るから、詳しくは明日話したいって言うてはる」

お由井の言葉に、真魚と琴は顔を見合わせる。

琴の頰からは赤みが消えていた。


男の名は、金井十兵衛《かないじゅうべえ》といい、大和郡山《やまとこおりやま》から来た浪人だという。かつては主君に仕え、今は父の死をきっかけに浪人になったのだが、困ったことになって、懸想文売りさまに力を貸していただきたいと、お由井に語った。

どこで月待屋の懸想文売りの話を聞いたのでしょうかとお由井が問うと、以前、定宿にしていた伏見の旅籠からだという。

「お琴さんさえよかったら、明日にでも話を聞いてあげて」と、お由井が言ったので、琴は「わかりました」と答え、「今日は、お酒で気持ちよく眠れそうです」と、そのまま離れに戻っていった。

お客さんがいるなら、明日の用意しておかないとね、あんたはもう寝なさいとお由井が口にするので、真魚も部屋に行く。

さきほどお由井が言っていた、「仇討ち」というのが、気になった。

一時期は、盛んだったというし、元禄時代の赤穂《あこう》浪士の主君の仇討ちの芝居が、今でも人気なことは、真魚もよく知っている。曾我《そが》兄弟の仇討ちの話だって、聞いたことがある。

世の中は何やら不穏ではあるが、身近でそんなことに関わる機会はないので、真魚はその夜、なかなか眠れずにいた。

不謹慎だとは思っているが、どこか胸を弾ませずにはいられなかった。

翌朝、真魚がお由井と共に朝餉の用意をしているとき、件《くだん》のお侍さんが起きて現れた。

朝早いのに、顔を洗い、髭を剃《そ》り、さっぱりした様子で、きちんとしている人なのだと真魚は感心した。それに、昨日の印象よりも若い。

「お客さま、昨夜のお話ですが、もしもよろしければ、今日の昼からでも、懸想文売りさまをお迎えしてええやろか」

お由井がそう口にすると、男の顔がぱぁっと明るくなる。

「それはありがたい。さっそくのことで、かたじけのうござる」

男は深く、おじぎをした。

「朝の用意が出来たら、お呼びしますので、それまでごゆっくり」

とお由井が告げると、十兵衛は部屋に戻っていった。

「そんなわけで今日は懸想文売りさまをお呼びすることになったさかい、離れの四畳半の間に活ける花を探しに行ってきてな」と、お由井は真魚に告げる。

どんな花なら、あの浪人の方は心安らぐだろうと、真魚は考える。

考えた末、真魚は川沿いに咲いていた萩の花を摘んできた。

お由井に渡すと、「可憐《かれん》で愛らしいて、綺麗やね」と喜ばれ、四畳半の間に活けた。

正午を過ぎ、琴が懸想文売りの恰好をして、部屋に入ってきたので、お由井が十兵衛を呼びにいく。

おそるおそるといったふうに、十兵衛が四畳半の間に入り、深く頭を下げる。

「この度は、不躾な申し出に応えていただきまして、まことに恐れ入ります」

やはり丁寧な人だと真魚は思った。

果たして、この人が、仇討ちなんて、だいそれたことをできるんだろうかと考えながら、いつもの口上を述べる。

「懸想文売りさまは、さるやんごとなき身分の高い方のご落胤で、事情があり世に身を潜めて暮らしておられますので、顔を隠し声も隠すのはご容赦ください。さて、どうぞ、遠慮なくお話しください」

琴は懐から香を取り出し、香炉にくべた。

つんと、最初に鼻の奥を刺すような甘い香がしたが、この甘さは果実や花とは違う。

最近、この匂いを嗅いだような気がしてならない。

ああ、わかった、酒だ。みどり屋さんからもらったお酒だ。

なんていい香なんだろう、酔ってしまいそうだ――。

こんなお香があるなんて、知らなかった。

十兵衛も、香を吸い込んだ様子で、口を開く。

既に宿の女将からお聞きになっておられると思いますが、私、大和郡山の柳沢《やなぎさわ》の家に仕えておりました、金井十兵衛と申します。いえ、今は浪人の身です。

父は二年ほど前、城の堀に落ちて亡くなりました。

どうもみっともない話で恐縮ですが、父は弱いのに酒好きで、酒により数々の失態を犯してきた者です。それは家族にもおよび、私も母も、酒を呑んだ父に、さんざん殴られ……いや、その話はまたのちほど。

周りにいた者たちの話によると、父はまた酔って家に帰ろうとしていたところ、城のお堀近くで京から来た夫婦に、絡んでいったそうでございます。なぜにそのようなことになったか……雨の日だったので、その夫婦の傘が父に触れたとか、そんな些細《ささい》なきっかけだったそうですが、父は酷い言葉を夫婦の妻のほうに投げかけ、怒った亭主ともみ合いになり、足を滑らしてお堀に落ちたそうです。

雨天でしたので、足元も悪くなっていたのでしょう。

役人がやってきて、詮議されましたが、そもそも悪態をついたのは、父のほうです。その夫婦は、役人に引き渡されたとのことですが、誠に武士として恥ずかしい話です。

ところが、私の母は、それに納得がいきませんでした。

何よりも体面を気にする人なのです。

とはいっても、私の家など、武家などとは名ばかりの貧乏なものでしたが……。

母は、金井家の名が廃ると、独断で仇討ちすることを決めました。

とはいえ、懸想文売りさまもご存じでしょうが、「仇討ち」というものは本来許可が必要で、条件もあり、その上ではじめて認められるものです。けれど、そのような正式な仇討ちも徳川泰平の世の中で名ばかりになっており、実際は無許可の仇討ちが横行しておりますし、それに対して咎める者もおりません。ただの私怨の復《ふく》讐《しゅう》となり果てているのが昨今でございます。

もちろん、実際に仇討ちを実行するのは、ひとり息子である私です。

そもそも酔った父が悪いのではないかと思っておりました。酒癖が悪く幼い頃から、厄介な存在でしかなかった父が亡くなって、私はホッとしていたぐらいでした。親不孝だと思われるでしょうが、正直な気持ちです。

私は、侍など向いておりません。母が唱える「武士たる者は」という言葉にも、ずっと疑問を抱いてきました。

とはいえ、逆らうこともできず、私自身が名ばかりの侍の身分から解放されるため浪人になり、父の仇討ちをすることになりました。面子のことを気にする母は、浪人になることには不満げでしたが……。

遊んで暮らすわけにもいかず、私はともかく仇《かたき》を探さねばなりません。そのための金は、母が、「息子が仇討ちをするから」と説いてまわり親戚が用意してくれていました。

そして、京に来て、あの夫婦を探しました。

ただ、もちろん、仇討ちなどはしたくありません。どうしたものか……と途方に暮れ、日々を過ごしておりました。

仇である夫婦が、京の山科《やましな》に暮らしているのを知ったのは、京に来てひとつきほど経った頃です。

まず様子を見ようと山科に向かい、その家を訪ねました。

小さく古い家で、間違っても裕福な様子はありません。

しばらく眺めていると、私の母より少し若いぐらいの女が現われました。

この家の主人に、昔、世話になったことがある者ですが……と申しますと、女は申し訳なさそうに、「主人は昨年、亡くなりました」と口にするではありませんか。

女によると、主人はもともと酒呑みで仕事も続かず、女が内職をして暮らしていたそうです。ひとり娘も生まれたけれど、育てられないので、子どもができない主人の兄夫婦にもらわれていった、と。

ところがその娘が身体が弱く、兄夫婦としては婿を取って家を継がせようと思っていたけれど、縁談がまとまらない。

一緒に暮らしてはいないけれど、それでも血を分けた可愛い娘だからと、二年前に祈禱師《きとうし》にお願いしようと、渋る夫を連れて大和郡山に向かったところ、雨の中、酔ったお侍さんと些細なことから言い争いになり、お侍さんはお城の堀に落ちて死んでしまった――というではありませんか。

まさに私の父の話です。

――そやけど、うちの主人も酔っとったんです。酒は人を狂わせますと、女は話を続けます。

周りで様子を見ている者も多かったらしく、ただの酔っぱらいの喧嘩に過ぎないことは認められるだろうとは思いつつ、奉行所で詮議されたそうです。

その後、主人はしばらく牢屋に入っておりましたが、何せ酒がないと生きていけないゆえに、牢屋で弱り、そのまま死んでしまいましたと、女は口にします。

そしてこうも続けました――とはいえ、私、ホッとしたんですよ。さんざん酒で苦しめられましたからと。

女によると、主人の兄は伏見で大きな酒屋の商いをしており、穏やかで堅実な人で、娘のことも我が子のように可愛がってくれているとのことでした。

しかし、そんな兄のところに、主人はたびたび酒をくれと無心をしていたそうです。酒をくれぬなら、金をよこせ、とも。

もっともその兄は、人を不幸にするような酒はやらんと突っぱねていたそうですが……どちらにせよ、もしも娘が婿を取り跡取りになったとき、主人は娘を脅かしていたでしょうから、娘の将来のためにも、死んでよかったなどと、女は申しました。

私がどれほど驚いたことでしょうか。

仇討ちの相手は、死んでいたのです。

また、不思議なことに、主人が死んでから、娘がその命を受け継いだかのように元気になったそうなんですと、女は続けます。

さて、どうしようと途方にくれはしましたが、女に礼を告げ、とりあえず伏見に参りました。

私は仇の男の兄が商う酒屋近くの宿にしばし滞在することにしました。

おとなしくこのまま郡山に帰り、父の仇が亡くなっていたと母に告げることも考えましたが、母が納得しないであろうこともわかっていました。

なんのために、親戚からも金子《きんす》をもらって仇討ちに行かせたのだと憤慨することでしょう。

まったくもって、武士の体面というやつは、厄介なものです。けれど、江戸の太平の世を経て、侍というものの意味だとて変わっているはずなのです。私もこうして刀を携えてはおりますが、刀を持った侍などというものは、近々滅びるような気がしてなりません。力で人を制圧する侍という者は、今の世にはいらないのではないでしょうか。

そしてここから、思いがけないことになったのですが――。

あれも雨の日でした。

この近くに弁天さまを祀るお寺がございますよね。

ぶらぶらしていたら、雨が降って参りました。私が寺で雨宿りをしていると、娘が駆け込んできたのです。

愛らしい娘でした。

娘は雨に濡れて寒いようで震えていました。

私はたまたま羽織を着ていましたので、風邪を引いてはいけないと娘に羽織を渡しました。しばらくすると、娘の家の人らしき者が、傘をさして迎えに参りました。娘は羽織は必ず洗って返しますからと、どちらにおられるのですかと聞いてきたので、私は宿の名を答えました。

そうして、翌々日、綺麗に洗い糊《のり》をつけた羽織を持って、娘とその母と名乗る者が、宿屋に「十兵衛さまはおられますか」と、訪ねてきたのです。

聞けば、娘は幼い頃から病気がちで身体が弱く、最近になり少しばかり元気にはなったけれど、風邪を引いても寝込むことがあるので、この羽織で暖をとれて病にならずに済んだと、丁寧に御礼を言われます。つきましては、一席設けたい、と。

そのような大層なことをした覚えはないと固辞しましたが、母は頑《かたく》なに御礼をするといって聞きません。

まあよろしいかと、私は頷きましたが、娘の家を聞いて、驚愕《きょうがく》しました。

すぐそこの――ご存じかと思いますが、「みどり屋」という酒屋です。

おわかりでしょうか。

つまりは私が羽織を貸した娘は――父の仇の娘だったのです。

小夜という名前だと、初めて知りました。

とはいえ、私は娘が気にかかっていたこともあり、結局誘われるがままにみどり屋に行き、豪華な膳をいただいてしまいました。

みどり屋の主人、つまりは仇の兄も、穏やかで気遣いのできる方で、店の者に慕われているのもわかりました。

私は聞かれるがままに――もちろん、仇討ちのことは申しませんでしたけれど――自分は大和郡山の侍の家に生まれたが、父の死によって浪人になり京に遊学しているのだと答えました。

何故か主人は私が気にいったようで、あのような小さな宿ではなく、うちにお泊りいただいたらよろしいのにと申します。

まさか仇の兄と娘の家に――私の母が聞いたらどれほど怒るだろうと思いながら従ったのは、みどり屋で呑んだ酒が、これ以上なく美味かったのと――私はあの愛らしい小夜という娘に惹かれていたのです。

いけないことだとは、もちろんわかっていました。けれど、私はみどり屋で世話になるうち、今まで感じたことのない穏やかな幸福を得られたのです。

物心ついたときから、私は「お前の父親は酒呑みのろくでなしで、出世もできない。だからお前は、殿さまの目に留まるようになっておくれ」と、母から厳しく育てられました。

二言目には、「侍だから」と、言われ続けましたが、天下泰平で戦もない時代、偉そうに刀を持ち歩く侍に何の価値があるのか……と、内心思っておりました。

実のところ、母の実家は家老の筋ではありましたので、母は格下の下級侍である父の許に嫁いだことに、ずっと不満を抱いておったのです。

きっと父が酒に溺れていたのも、そんな母の蔑みを感じていたからのような気がしてならないのです。

だから全ての期待が、私にかかってきました。

しかし私は、見ての通りの平凡な男ですし、争いごとを好みません。

母には絶対に言えませぬが、父の死がきっかけで浪人となり、大和郡山を離れることができて、肩の荷が下りた気がしておりました。

そもそも仇討ちなどというものが、滑稽ではありませんか。

あの、世間では美談とされている赤穂浪士の仇討ちだって、つまらぬ諍《いさか》いがきっかけで短気な主君が老人に切りかかり切腹を申し付けられ、残された者たちが今度は大勢でよってたかって老人を殺すという……あのような愚かな話はないと思うのですが、もちろんそんなことを今まで口にしたことはございません。あれを武士の鑑《かがみ》だと持ち上げている世間には、ついていけませぬ。

赤穂浪士は義士とたたえられて切腹いたしましたが、残された家族たちだって、世間の称賛だけでは生きていけなかったでしょう。

それよりも、ただ「酒は人を幸せにするためにあるのだ」と言い続け、家族を大切にするみどり屋の主人のほうを私は尊敬いたします。

私は、武士の家から離れ、酒屋で優しい主人夫婦と愛らしい娘に囲まれて、心底安らぎを得たのです。

小夜殿が私を好いてくれているのが、わかりました。そうして、主人夫婦から、それとなく妻子はおるのかなどと聞かれました。

小夜は今は元気だが、もともと身体が弱いから、今まで縁談がまとまらなかった。十兵衛さまにご迷惑をかけるのもしのびないから、無理にとは言わないが、小夜があなたさまを慕っておりますので、と、主人と共に酒を酌み交わした夜に、そう言われました。

断れるものですか。私のほうこそ、小夜殿を愛おしく思っていたのですから。

そうして、婿の候補が見つかり、主人夫婦は喜んでおりました——が。

問題は、私の母です。

仇討ちの相手の娘の家に婿入りし、酒屋を継ぐなどと、許すはずがございません。

このまま出奔しようかとも思いましたが、いずれ母に伝わるのは明白です。

一度、郡山に帰り母と話すことも考えましたが、幼き頃より、私に何もかも一方的に押し付けるだけだった母が、話を聞くとも思えません。

そうして、以前泊まっていた宿で、世間話のついでに聞いた月待屋さんの懸想文売りさまの話を思い出したのです。

たいそう人の心を打つ、願いを叶える文を書かれると。

どうか、お願いです。

私の母に、文を書いて届けていただけぬでしょうか。


そう言って、十兵衛は深く頭を下げた。

迷うことなく、懸想文売り――お琴は頷いた。


「そらまたなんぎな話や。そやけどお琴さんは引き受けはったんや。郡山へ文を届けるのは、佐助さんにまた頼んだらええか」

お由井は、真魚から話を聞いて、そう言った。

「そやけど納得いったわ。みどり屋さんが、祝い事があるさかいとお酒をくれはったのは、やっぱり小夜ちゃんの相手が見つかったからなんや。小夜ちゃんが弟夫婦の娘やったんは、初めて知る話や。自分の娘としか思えへんほど、可愛いがってはるようにしか見えへんもん」

と、お由井は続けた。

真魚も、十兵衛の母親を納得させるなんて無理な話だろうと思った。

お侍さんて、大変だ。

そんな家に生まれてこなくてよかったと真魚は考えざるをえなかった。

あの十兵衛さんの言うとおり、お侍さんなんて存在は、今の世の中は、いらないのかもしれない……もちろん、そんなことを口にするなんて、とんでもないのはわかっているけれど。

みどり屋の小夜さんとは、挨拶ぐらいしかしたことがないが、いつもにこにこ笑っていて、すごく感じの良い人で、あの十兵衛さんとはお似合いだとは思うが、まさか仇討ちの相手の娘だなんて、面倒な話だ。

それにしても、すべてが酒絡みだ。

酒に溺れて家族を苦しめた男が、酒に酔って喧嘩して死んで、そしたら相手も酒好きの男で、それが因《もと》で娘を手放し、その娘を育てたのが酒屋だというのが、因果だ。

真魚はふと、お由井と琴がみどり屋からふるまわれた酒を楽しそうに呑んでいたのを思い出す。

あのときの琴は、いつも以上に綺麗だった。

まだお酒というものを口にしたことはないけれど、酒は人を幸せにもするが、不幸にさせることも、取返しがつかないことをさせてしまうものだということも、知らずにはいられなかった。

その違いは、なんだろう。

人を幸せにする酒と、不幸にする酒との違いは。

もちろん、真魚にはまだ、わからない。

家族を苦しめてまでも、手放せないほどの酒のうまみも。

「お琴さん、大丈夫やの?」と真魚が聞くと、いつものように、琴は動じることもなく、「かまいませんよ。それに、みどり屋さんのお酒を、美味しくいただいてしまいましたので、良いようにしてあげたいですね」と答えた。

翌日には琴が、「文は書き終えましたよ」と、お由井に告げる。

午後には佐助がやってきて、文を預かり大和郡山に向かい、十兵衛は何度もお由井に礼を告げて、みどり屋に戻っていった。

佐助はなかなか帰ってこず、再び月待屋に現れたのは、半月後だった。

戻ってすぐ、離れに行き、琴と何やら話している。

佐助が西陣に帰ると、琴はお由井に「できたら明日にでも、十兵衛さんに来てもらってください」と、告げる。

お由井が、今は手が離せないからと使いを頼まれた。真魚がみどり屋に行くと、ちょうどお小夜さんが出てきたところだった。

やはり心なしか、元気になっているようで、血色もよい。

いや、それ以上に、十兵衛と恋仲になったからだろうか。頬が上気していて、美しさを増している。

十兵衛さんいらっしゃいますかと真魚が告げると、「今、配達の手伝いで出かけています。何か用事があったら伝えときます」とお小夜さんがいうので、真魚は「先般のご用件で、明日にでも月待屋においでください」と、口にする。

娘は十兵衛から既に事情を聞いているのか、とくに戸惑う様子もなく、「わかりました。確かに伝えときます。おおきに、ありがとうございます」と、礼を告げる。

翌日の正午に、十兵衛が訪ねてきた。

あれから心なしか、酒屋の婿らしくなったようで、刀も持たず町人の恰好をしている。

だが、その表情が少しばかりこわばっているのは、母の反応が気になっているのだろうか。

離れの四畳半の間では、琴が再び懸想文売りの扮装をして待っていた。

今日は手すきだからと、お由井も真魚と一緒に部屋に入る。しばらくすると、佐助も入ってきた。

「十兵衛さま、お呼びだてして申し訳ありません。こちらの佐助が、郡山のご実家に、懸想文売りさまの手紙を届け、昨日戻って参りました」

真魚がそういうと、十兵衛は佐助に膝を向けて、深く頭を下げる。

「かたじけない。それで……母はどのような様子であったでしょうか」

「十兵衛さま、頭を上げてくんなはれ。さて、まずは順立ててお話ししましょう。十兵衛さまが住んでおられたお屋敷に参りますと、ご母堂さまがいらっしゃり、京におられる十兵衛さまからの手紙やと申して、文をお渡ししました。ただ、そこはさすが母親で、筆の様子が違うではないかと申されましたので、十兵衛さまのご事情をさるやんごとなき方が代筆されたのですと正直に伝えましたが、よろしかったやろか」

「はい」

と、十兵衛は頷く。

「ご母堂さまは、文を受け取ると、わたいを追い返すように締め出されましたので、どのような様子で読まれていたのかは、わかりません。近くの宿に泊まっていることは伝えとりましたので、返事をされる場合は呼び出されるやろうと思うとりましたが、さっそくその一刻後には、すさまじい形相で宿に来られました。『ここに佐助という者が泊まっているだろう』と怒鳴られましたので、わたいも飛んで出て参りました。おそらく十兵衛さまの予想通りでしょうが、『仇の娘、しかも酒屋の婿に入るなんて、どこまで金井家の名を汚す気か、親不孝が！　先祖代々に申し訳が立たない！』と、怒鳴られました」

「かたじけない……」

と、十兵衛が恐縮する。

「いえいえ、それぐらいは予想通りです。さて、わたいのお役目は本来ここで終わりのはずやけど、懸想文売りさまに、もうひとつお願いをされとりまして、しばらくその宿に留まっとったんです。それでこのように帰るのに時間がかかりました」

もうひとつのお願い――？　それはなんだろうと真魚は身を乗り出した。

「十兵衛さまのご母堂さまの動向を、探っておりました。わたいが訪れた次の夜には、何やら人影があり、周りの様子をうかがうようにして、こそこそとお屋敷に入っていく様子でした」

「どのような者であったか」

十兵衛が眉を顰《ひそ》め、佐助に問う。

「年はご母堂さまと同じぐらいやろか。身なりは町人のようでしたが、あまり小ぎれいではございませんな」

「その男、頬に大きな痣《あざ》はなかったか」

続けて十兵衛が問うと、佐助は「ございました」と答える。

十兵衛は、深くため息を吐く。

「その男は、明け方に屋敷を出てきましたので、あとをつけました。しばらく行くと、長屋に姿を消しました。わたいはいったん宿に入って眠り、翌日は男が何者か探ろうと、長屋の大家の家を訪ねました。男の名は、八次郎《はちじろう》。もともとは農家の出であったが、盗みをして牢に入り、出てくると博打をして日銭を稼ぐような男であったと。そのような暮らしをしているが、不思議と家賃の払いはよいので、ここにずっと住まわせているんやと聞きました」

真魚がちらりと十兵衛の顔を見ると、心なしか表情が曇っているかのようだ。

「さて、その夜も、八次郎は夜が更けると、ご母堂さまがいらっしゃる屋敷の勝手口から中に入ります。手引きをしている者がいるのは、すぐわかりました。あのような男が、そうたやすく武家の屋敷に出入りなどできるわけがない。おそらくご母堂さまが最初から閂《かんぬき》をせずにいたのでしょう」

佐助が表情をゆがめる。

「八次郎が閂をかけた様子もなかったので、ご無礼ながら、わたいもそのまま勝手口から金井さまのお屋敷に入り込み、足音を立てずに庭を行き来しながら、ご母堂さまの部屋を探します。声が洩れておりましたので、すぐにわかりました。……十兵衛さま、話を続けてもよろしいでしょうか」

佐助が問いかけたのは、十兵衛の顔色が青白くなっていたからだ。

「続けてくれ。お前が見たもの、聞いたものをすべて話してくれ」と、十兵衛は答える。

「それでは……男と女の話し声がいたします。女は十兵衛さまのご母堂で、男は八次郎でしょう。京からの手紙、どうしたらいいもんかと聞こえてまいりました。どうも伏見の大きな酒屋の婿になるとか書いてるんだよと女が言うと、男は『そんな大きな酒屋なら、金は持っているはずだ。仇討ちの代わりに金をよこせって言ってやりゃあ、むしりとれるだろう』などとも聞こえてきます。『それもそうだね、でも、あの子に仇討ちさせるって、親戚やらあちこちから金をもらってるから、仇の娘と結婚しましたじゃ、格好がつかないけど、金になるならいいや』――などとも話しております」

十兵衛は俯《うつむ》いていたが、ふと顔をあげた。

「佐助殿――それだけではないだろう。言いにくいだろうが」

「はい――お察しの通り、ご母堂さまと八次郎は、男女の仲――でございます」

男女の仲――佐助がその言葉を発したとき、琴も佐助も、ちらりと真魚を見た。

子どもだからと気にしているのだろうが、さすがにどういう意味か、佐助が何を見たかは、真魚だってわかるが、必死で表情を変えぬようにしていた。

「……薄々、承知しておりました。母とその男は、古くからわりなき仲であると。父だとて、察していたような気がします。だからこそ、酒に溺れ、私にきつくあたっていたのだと――そしておそらく、私は、その男と母の子です」

十兵衛の言葉に、真魚は息を呑むが、琴は最初からわかっていたかのように、ただ軽く頷いた。

「確かに、こうして十兵衛さまのお顔を見ますと……八次郎の面影が見受けられます」

と、佐助が言った。

十兵衛は、「そうであろう」と口にして、話を続ける。

「母とその男が、どこで出会ったのかは知りませぬが……ずっと繋がり続けていたのでしょう。母は武士の家に嫁ぎはしましたが、どこか満たされぬものがあったのかもしれません。さんざん、私に侍の子なのだからと言い聞かせていたのは、本当はそうではないから負い目があったのか……。自分の不貞が公になったら何もかも失いますから。けれど、父は酒に酔って暴れるような人ではありましたが、本当は気が弱い人でしたので、私が実は自分の子でないとわかっていても、母が不貞を続けていたとしても——それは自身の恥であるからと体面を保とうとしていたのでしょう。侍とは、男とは、厄介なものです」

十兵衛は話し続ける。

「しかし……父は弱い人ではありましたが、決して善人ではございません。今、初めて人に話しますが……私の最初の女房が家を出たのは、酒に酔った父が女房に乱暴を働いたからです。大事になる前に、母が止めたようですが……女房は怯え、泣き狂いました。私は本当はあのとき、女房と一緒に家を出るべきだったのです。けれど私も、母が固執する『武士の体面』というやつに囚われていて、家に留まってしまった。今でも前の女房には申し訳なくてときどき思い出します。私も、弱い人間なのです」

その「乱暴」がどういったたぐいのものなのか、十兵衛の表情で真魚も察することができた。

手足がひんやりする。

「父が亡くなり、私に仇討ちをさせようとしたのは、母は私を家から追い出し、郡山から切り離したかったからだとも思うのです。母にとっては、私は疎ましく、邪魔でしかないのです。だからといって、あの盗みや博打をする男を迎え入れるには、母は侍の妻であるという誇り——いえ、思い上がりが捨てられないのです。母を恨んではおりません。気の毒な人だと思っております。その八次郎という男が暮らしていけているのは、母から少なからず金が渡されているのでしょう。すべて、薄々気づいてはおりましたが、証拠もなく、いえ、何より確かめる勇気がございませんでした。懸想文売りさまの手紙がきっかけになり、はっきりして、今は清々《すがすが》しい気分でございます。これで私は、晴れて、侍の家の子ではなくなり、ひとりの男として生きていく覚悟ができました」

言葉通り、清々しい表情で、十兵衛は顔をあげる。

「ただ——私をさらに利用して、みどり屋から金を引っ張ろうとしているのだけは、許せません。もしそのようなことをしてきたら——」

「わたいが、この目で見て参りました。調べたら、もっといろいろ出てくるやろうし、証拠はすぐにあがります」

佐助が言い聞かせるように、そう言った。

「頼もしいことです。それにしても、私は懸想文売りさまに手紙を書いて届けるのをお願いしただけなのに、母の悪事まで暴いてくださって、最初からすべてお見通しだったかのような……すごい方だ。私は侍だったのに、何の力もなかった」

十兵衛の目が潤んでいるように見えた。

「私は、ごろつきのどうしようもない男の血を引いております。でも、それで私は安心しているのです。侍という呪縛から逃れることができて――そんな私でも、お小夜と、お小夜の両親は温かく受け入れてくれました。これからは、みどり屋を支え、家族を大切にして生きて参ります。そのことに、私は大きな悦びを感じています。すべて懸想文売りさまのおかげでございます。親とは、きっちり縁を切ります。そうしてみどり屋と、新たな縁を結ぶ覚悟ができました」

そう言って、畳に頭がつくぐらいの勢いで、十兵衛は頭を下げた。

「来月には、祝言《しゅうげん》をあげはるんやて。みどり屋さんところ」

お由井が一升瓶をぶらさげて、離れを訪れた。

「月待屋さんには、大変お世話になりましたから、御礼ですって、また上等なお酒をくれはったんや。私らも祝言の日にでも一杯だけいただこやないか。今日はまだ仕事が残ってるさかい、お茶と甘いもんでがまんしてな」

と、さきほどお由井が真魚に頼んで買ってこさせた酒まんじゅうを差し出す。

「お琴さんは、最初から、十兵衛さんのお母さんがあやしいって、わかってはったん？　そやから文を届けるだけやなく、佐助さんに探らせたんやろ」

真魚が聞くと、琴は酒まんじゅうを手にしたまま、頷いた。

「体面を保ちたがる人ほど、裏に何かしら別の企《たくら》みがあるものですよ。そうしたら、思ったよりも込み入った事情だったという話だけです。すべてわかっていたわけではありませんよ」

そう言って、酒まんじゅうを口に運ぶ。

琴は、たいしたことじゃないといったふうにそう口にするが、真魚は改めて感心していた。

自分なら、目で見たもの、聞いた話だけがすべてのように思いこんでしまうが、現実はそう単純なものではないのは、懸想文売りの手伝いを始めてから、痛感している。

けれど、そういって、人の裏を知ることは、決して嫌ではなく、おもしろいとも思っていた。

「ねぇ、ところでお琴さん、手紙には何を書かはったん？」

真魚は気になっていたことを聴いた。

いつもの琴の「たいそう心のこもった手紙」なら、十兵衛さんの母親は、佐助が泊まる宿に怒鳴り込んでくるほどに激昂《げきこう》するはずがないと思っていたのだ。

「十兵衛さんの想いを伝えたまでですよ。本人は私たちの前では口にしませんでしたけれど、話を聞けば聞くほど、この親とは縁を切ったほうがいいと思ったのです。そして、十兵衛さんの言葉の端々からも、そう感じたんです。ただ、さすがに血が繋《つな》がった親と縁を切るというのは、大変なことですから、迷っているのだとは思いました。少々、強引だとも思いましたが……『酒屋の婿になりますから、金輪際《こんりんざい》親子の縁をお切りくださいますようにお頼みもうします。明日からは親でも子でもありませんし、私は侍でもありません』と書いたんです。怒るだろうとは予想がついていました。でも、おそらく、怒るだけではなく、何かしら尻尾を出すだろうと、佐助さんに周りを調べるようにお願いしたんです。そうしたら、案の定でした」

琴がさらりとそう口にしたので、真魚は驚いた。

意外に、この人は大胆なことをする。

親子の縁を切らせるなんて。

でも、それが後押しして、よかったのだとは、真魚でもわかる。

この世には、親子以上に結ばれるべき縁があり、それがきっと十兵衛さんにとっては、みどり屋さんだったのだ。

「十兵衛さんの、願いを叶えてあげたんですよ。親子であろうときょうだいであろうと、夫婦であろうと……切ったほうがいい縁があります。たかが血のつながりにこだわって不幸になることなどありません」

と、琴は微笑むが、真魚は「たかが血のつながり」なんて、お琴さんはすごいことを口にすると感心していた。でも、そうかもしれない。

「みどり屋さんは安泰や。良いお婿さんが来はって、何より、小夜ちゃんが好きな人と結ばれて、よかったんよ」

お由井はそう口にした。

「きっとね、伏見のお酒も、これから盛り返しますよ。なんたって、こんなに美味い酒はない。みどり屋さんのように『人を幸せにする酒』を造り続けていくならば、いずれ伏見は日本一の酒どころとなるでしょう」

琴は珍しくふたつめの酒まんじゅうを口にした。

その頃には、自分も大人になって、お酒を呑めるようになっているだろうかと真魚は考えながら、口の中に広がる酒饅頭の香ばしさを味わっていた。

第六章　恋文の女

季節の移り変わりは、容赦がない。

夜は寒いと感じる日が増えた。

宇治川派流沿いの色づき始めた紅葉を見るために足を止める人たちの姿を見かける。かつて伏見の城があったあたりの楓《かえで》も見ごろだと聞く。

真魚はいつものようにお由井に頼まれて栗入《くり》りのきんつばを買ったついでに、長建寺でお詣りをしていた。

いつまでもみんなで幸せに暮らせますように——と、願うことは同じだ。

その「みんな」の中には、母親だけではなく、琴も含まれている。

目を開けて、長建寺を出て橋を渡りきると、「お嬢さん」と、低く響く声をかけられて、振り向いた。

ひとりの男が立っていた。

旅装束で、すらっと背が高く、男の人なのに色も白い。

そう若くはないが、年寄りでもない。

「いきなり声をかけて、申し訳ありません。もしかしたら、月待屋のお嬢さんではないかと思いまして」そう言われて、真魚は「へぇ」と頷いた。

旅籠の客だろうか。

でも、だとしたら、どうして娘の自分のことまで知っているのだ。

「ああ、すいません。長建寺から出てこられたもので……よくお詣りされていると聞いていまして。あと丸い顔で、甘いものが好きなお嬢さんだとも聞いていたから、もしやと」

と、男は真魚が手にしていたきんつばの包みをちらりと見た。

誰に聞いたのだろうと、真魚は不思議だったが、腰の低い穏やかな表情の男だったせいか、嫌な感じはしなかった。

「月待屋さんに用事がありまして、江戸から参りました。もしも部屋が空いているなら、泊めてもらおうと思っております。宿まで案内してくださりませんか」

もちろん、真魚は断りはしない。

それになんとなく、この男の人、どこかで見たことがある気がするけれど、思い出せない――そう考えながら、月待屋に向かう。

きんつばを買ってはきたけれど、この人が泊まるなら、ひとつ足りないなと、考えながら。


「お母はん、今日、うちに泊まりたい言うてはるお客さんが、来はったで」

真魚はそう言って、暖簾をくぐる。

「部屋ならあるさかい、入ってもらい」

とお由井が声をかけると、男も暖簾を押し分けて、軽くお由井に頭を下げた。

お由井は「おいでやす。ようおこしくださいました」と口にしながらも、怪訝な表情をしている。

やはり真魚と同じく、「どこかで見たことある顔だ」と思っている気がした。

「江戸から参りました。今晩の宿を、お願いしたいのですが」

「はいはい、かましませんよ。まずはおあがりやす」

お由井がそう言って奥へ引っ込んだので、真魚が囲炉裏のある部屋に男を導く。

男はぐるりと周りを見渡した。

「いい宿だ。以前から、一度、どんなところか来てみたかったんです」

男は、そう口にした。

見た感じ、お侍さんではないが、身なりはさっぱりしている。

待つ間もなく、お由井がさきほど真魚がが買ってきたきんつばとお茶を持って男の前に出した。

男は「ありがとうございます」と喉が渇いていたのか、お茶に口をつけ、ふぅふぅと冷ましたのち、ごくりと飲み干す。

「お手数でございますが、宿帳にお名前と江戸のお住まいを書いていただけまへんやろか」

お由井は探るような表情のまま、男の前に宿帳と筆を出した。

男はちらりとお由井を見てから、すらすらと宿帳に筆を走らす。

「……進《しん》さん……」

お由井は男が差し出した宿帳を見て、目を見開いた。

「お由井さん、ご無沙汰しております」

男が懐かしげな顔で、そうつぶやく。

「……進さん、やね。大きいなって、わからへんかったわ」

「最後にお会いしたのは、もうずいぶん前でしたからね。父が残した手紙に、娘さんのことも書かれていましたから、長建寺を出てきた姿を見た際に、もしやと思って声をかけたら、やはりそうでした。お由井さんの面影もありましたから」

お由井が眼を細める。

「進さん、おとっつぁんが亡くなって、どないしてはるんやろと思てたんや」

「相変わらず、商いにいそしんでおります。あと、家内には三人目の子どもも生まれました」

「そら、よかった」

心なしか、お由井の目が潤んでいるように見えた。

「そやけどなんでいきなり訪ねてきはったん？」

「文をしたためようとも考えましたが……知らせると、会ってくれぬような気がしまして。元気にしておるでしょうか」

「元気にしてはるで」

そこで真魚は、あっと声をあげそうになった。

誰かに似ていると思っていたが、切れ長の目に白い肌——お琴さんだ。

「そやなぁ……お琴さんは会わへんて言わはるかもしれん」

「だから、今日は兄ではなく、依頼者として江戸から参りました。江戸にも、伏見月待屋の懸想文の噂は届いておりましてね」

真魚は納得した。

この人は、琴の兄だったのか。どおりでよく似ている。

それにしても懸想文売りの話が、江戸まで広まっているなんて。

お由井も同じことを思ったのか、「まさか江戸に伝わってるやなんて」と、口にする。

「江戸の民は、京の話が、好きですから。将軍の御台所《みだいどころ》は京の姫君ばかりで、大奥にも京のよしなしごとは伝わっております。それだけではなく、今、江戸は京の動向をひときわ気にしておりますので、どんな小さなことも、江戸に話が行きます」

進さんと呼ばれた男は、少し鼻白む様子で、そう口にする。

「せやろな。この辺り、伏見でも、江戸から来るお侍さんを見かけることが増えとります」

「何かしら、近々大きな変化はあるでしょう。薩摩や長州《ちょうしゅう》の動きも不穏で、江戸もざわついております。……それよりも、妹がお世話になって、大変感謝しております。まず御礼を最初に申すべきでした」

そう言って、進さんは深く頭を下げる。

「うちのほうもお琴さんに来てもろて、真魚の相手もしてくれはるし、ほんまに助かっとります。さて、どないしょ。とりあえず、あかんて言わはるのを承知で、お琴さんに、進さんが来てはると、伝えたらええんかな」

「はい、よろしくお願いします」

真魚はお由井に頼まれ、離れに向かった。

「お琴さん」

「はい、なんですか、真魚ちゃん」

「なんか江戸からお客さんが来てはるんよ。お琴さんのお兄さんみたいやけど」

「兄?」

琴が、すっと障子を開く。

その表情は、こわばっていた。

「兄とは……」

「進さんて、呼ばれていた」

「不意打ちですね。相変わらずこちらの気持ちなどおかまいなしの人だ。……申し訳ないが、今は臥せっていると伝えてくれませんか」

琴は全くそのような様子はなかったけれど、真魚は「うん」と頷いて、お由井に報せに戻った。

「しゃあない。何しろいきなりやから……進さん、どないしはりますか」

お由井はそう言って、ため息を吐いた。

「とりあえず、今日は月待屋さんに泊めてもらえませんか。旅の疲れがありますので、早々に休ませてもらいます。夕餉は軽く、おにぎりなどでかまいません」

そう言って、男はお由井に案内され、客室に入っていった。

琴は琴で、「部屋で食べるから、おにぎりでいい」というので、真魚はおにぎりをたくさん作るはめになった。

琴は、江戸の人だったのか、薄々そんな気はしていたけれどと考えながら、真魚はおにぎりを握る。

進さんと呼ばれた人は……優しげな男の人だったけれど、どうして琴は会いたがらないのか。

それに、母のお由井は、琴とどういう関係なのか。

ぐるぐると考え続けていた。

こうしてみると、謎だらけだ。


「お琴が私に会いたがらないならば……文をお願いしたいのです。懸想文売りさまにお願いして、文を」

翌朝、やはり琴は離れから出たくないのか、朝餉はいらないと部屋に籠っていたが、進さんはお由井の作ったおみおつけと焼いた魚と飯を、美味しそうにたいらげたあと、そう口にした。

「妹への文です。それを懸想文売りさまに書いていただいて、妹に届けてもらいたいのです」

進さんの言葉に、お由井と真魚は目を合わせた。

懸想文売りの正体が琴であることを、ふたりだけは知っている。

琴への手紙を、琴が代筆するなんてできるのか。

いや、それ以上に、たとえ声を発せずとも、懸想文売りと対峙《たいじ》したら、さすがに兄にはそれが妹だとわかってしまうだろう。

「……一応、聞いときはしますけど」

「わざわざ江戸から参りましたと、付け加えていただけますでしょうか。御礼も、弾みます。妻が実家に借りて用意してくれました」

そう言って、進さんは頭を下げた。

さすがにこれで断るのは気の毒だと、真魚は思った。どうもこの進さんて人は、優しげな佇まいだけど、押しが強い。

そもそも、どんな事情があって、琴は兄と会いたがらないのだろうか。

穏やかで優しそうに見えるのに。

兄弟のいない真魚は、少しだけお琴さんが羨ましかった。

朝餉が終わり、片付けを真魚に任して、お由井は離れに行って琴と話していたようだった。

しばらくして戻ってきたお由井は、次は進さんの部屋に行って、何やら話しているようだった。進さんの部屋から帰ってくると真魚に、「お琴さん、手紙書くの承諾してくれたよ」と、告げる。

「でも、書いて渡す相手も、お琴さんやろ」

「そうなんやけど、進さんも、薄々懸想文売りがお琴さんだってわかってるやろ。そやし江戸からわざわざ来はったんやと思うわ」

お由井がそう言った。

「お母はんは、昔から、ふたりを知ってたん?」

「小さい頃、一度会《お》うただけや。ふたりの父親とは、ときどき文のやり取りをしてたんやけどね。お世話になった人やから」

どういうつながりなのだ――と、聞くべきかと思ったが、「さぁ、きばって掃除でもしよか」と、お由井は話をそらすように外に出ていってしまった。

きっと琴の心の準備もあったのだろう。

「懸想文売り」さまを呼ぶことになったのは、翌日の午後からだった。

床の間には、花ではなく、紅葉の枝が生けてあるが、まだ青紅葉だ。

普通より少し小さめの紅葉がつらなる、高雄《たかお》紅葉というらしい。

懸想文売りの扮装をした琴が待つ四畳半の間に、真魚が進さんを招き入れた。

進さんに頼まれたお由井も入って、真魚の隣に腰を下ろす。

「今日は、時間をとっていただいて、誠にかたじけのう存じます」

そう言って、進さんは頭を下げる。

その顔に動揺は見られない。

目の前にいる懸想文売りが、妹だと気づいているのかどうか、真魚にはわからなかった。

懸想文売り――琴が懐から、香を取り出し、火をつける。

真魚が大きく息を吸い込む。

今日の香は、木と枯れた葉が積み重なり雨を含んだような匂いだ。

まるで暗くて深い森に彷徨《さまよ》いこんだ気分になって、少し不安になった。

「この香は……」

おもむろに進さんが口を開く。

「懐かしい匂いだ。亡くなった母が好きな匂いで、母が残した着物に焚《た》き染《し》めてあったと聞きます。確か妹も好きだったはずだ。懸想文売りさまは、よくご存じで」

進さんはひとりごとのようにそう呟《つぶや》き、すっと目を閉じる。

琴は、自分の正体を隠す気もないのだと真魚は思ったし、進さんだって、やはり最初からわかっている。

「懸想文売りさまは、さるやんごとなき身分の高い方のご落胤で、事情があり世に身を潜めて暮らしておられますので、顔を隠し声も隠すのはご容赦ください。さて、どうぞ、遠慮なくお話しください」

茶番だとは思ったが、真魚はいつもの口上を述べた。

進さんは、じっと琴のほうを見て、口を開く。

「私、江戸《えど》深川《ふかがわ》で道具屋を営んでおります、折原進五郎《おりはらしんごろう》と申します。父の名は、辰《たつ》之進《のしん》と申しまして、もとは幕府に仕える御家人でしたが、若い頃に揉《も》め事に巻き込まれまして浪人になり、もともと書が好きだったこともあり、武家の子息に学問を教えながら、頼まれて文書を作るなどして食い扶持を得ていました。

息子の私から見ても、学があり、なんでも知っている人でした。ただそれゆえでしょうか、侍の世界には馴染めなかったこともわかりました。実際、昔から父を知る人たちは、口を揃《そろ》えて「変わり者だ」と評しておりました。

曰《いわ》く、出世に興味がなく、上の者に媚《こ》びない、この国の歴史を見ても、為政者は変わるので今の幕府だとて安穏としているべきではない、鎖国などしているから行き詰まるのだ、港を開くべきだ……などと。そのようなことを、誰を憚ることなく口にするので、怒りをかって、居づらくなって浪人になったのだと聞きました。

けれど父は「わしは後悔など全くしておらん」と、よく申しておりましたし、息子の私の目から見ましても、誰かに仕えることなどできない人であったでしょう。

ただ、浪人になった際には、母と、母の実家は激怒し、ずいぶん苦労したとも聞いております。

母はさる藩の、家老筋の家から嫁いできた人でしたからなおさらでしょう。

その母は私が十《とお》にならないうちに、病で亡くなりました。

妹は、その際は七つ、まだまだ子どもでした。

そうして親子三人と、母の縁続きであった女中のお種《たね》が住みこみで世話をしてくれて暮らしておりました。

父も変わり者でしたが、妹もそうでした。

父に似たのか、女でありながら学問が好きで、ずっと何かしら父の元にある書物を読んでいて、外で遊ばない娘でした。

お種は、そんなふうではお嫁に行けませんよなどと、苦言を呈しておりましたが、父は「これからの時代は、女だって学問がいる。近い未来に、大きく世の中は変わるであろう」と申して、妹の好きにさせておりました。

この娘は家で本を読んでいるだけではもったいない、もっと広く知識をつけさせようと、父は近所の蘭学塾《らんがくじゅく》にまで通わせたほどです。

そこでも大変優秀だと評価され、師を唸《うな》らせ、「男だったら幕府の要職のものに紹介したのに」と言われていたのだと聞きました。

私は、父や妹と違い、ごくごく平凡な男でした。

学問にも書物にも興味はありません。字を読むだけで疲れてきます。

そういった意味では、私は父が浪人でよかったと思っております。御家人の子でしたら、それこそ多少なりとも学問はせねばならなかったでしょうから。

ただ真面目なだけが取り柄で、そこを見込まれたのか、父のもとに息子を手習いに来させていた道具屋の大店《おおだな》の亭主に気に入られまして、そこの娘と縁談がすすんで一緒になりました。二十歳を幾つか過ぎた頃には、ひとつ店をもたせてもらうことができました。

商売人の道は、自分には合っていたと思いますが、父はそのような私をおもしろくは思っていなかったのでしょう。ますます妹を甘やかして——いえ、好きにさせていきました。

妹もいい年になり、縁談話が無かったわけではありません。

けれど、兄の私から見ても、妹は学がある分、理屈っぽく、家のこともできません。

何より妹自身が、「私は誰や知らぬ男のところに嫁ぎたくありません。家の道具にされたくないのです」などと口にしておりました。

女のくせにしとやかさとは縁がなく、気が強く理屈っぽくて、私にも平気で口ごたえし、男を立てるということもいたしません。私と言い争いになっても、弁が立つ琴のほうが言いまかすのです。

これでは嫁の貰《もら》い手はないだろうと、私は心配しておりました。もし母が生きていたら、そのようなことはなかったでしょうが、妹は二十歳を過ぎても独り身のままで、父のもとにおりました。

父と妹は、ときどきひとつの書物を間に置いて、ときに酒を酌み交わし、論議もしておりました。

そのとき、妹以上に、父はとても楽しそうでした。

自分の子が、自分と対等に話せることが誇らしげでした。

けれど私は、あれが女のすることなのか——と、正直、呆れておりました。お種も同じことを思っていたのでしょう、困ったものだと愚痴を申しておりました。

妹は、美しいほうではありましたし、華やかなかんざしのひとつでも差して街を練り歩けば、人目も引いたでしょう。

でも、そのように着飾ることにも興味はなく、私も匙《さじ》を投げていました。

そう言って、進さんは、目の前に出されていたお茶を手にして、ごくりと飲み込んだ。

懸想文売り——お琴さんは、黙って話を聞いている。

ところが——思いがけぬことが起こったのです。

妹が、おそらく生まれてはじめてでしょうが、ひとりの男と恋仲になったのです。

ただ、この話は、すべてことが終わってから知ったので、当時は本当に私は何も見ず聞かずです。知っていたら大ごとになる前に何かしら打つ手もあったのでしょうけれど——。

妹の想い人は、蘭学塾に通っていた、妹と同い年の侍でした。

侍と言っても、身分はそう高くはありません。

ふたりがどういうやり取りを経て、恋仲になったのかは、わかりません。

ただ、問題は、その侍には妻子がおりました。

それならば妾《めかけ》になってもという人もいるでしょうが、まっすぐな性格で潔癖な妹は、それをよしとしませんでした。

初めて男を好きになり、妹は周りが見えなくなっていたのでしょう。

妹自身も戸惑っていたようで、極端な道を選びました。

私と一緒になってくれないと死ぬと、男に告げたそうです。

男は、「妻とは別れられないし、子どももいる」と言いながら、妹との逢瀬《おうせ》をやめることはしませんでした。

三ヶ月ほど経ち――「後生で一緒になろう」と、ふたりは心中をもくろみました。

妹は近松門左衛門《ちかまつもんざえもん》の心中ものなども読んでおりましたから、どこかそんな男女の営みに憧れていたのかもとは、私がのちに思ったことです。

ところが、身を沈めようとした淵《ふち》に、約束の時間に、男は来ませんでした。

そりゃあそうでしょう。

最初から、男は妻子と別れる気も、妹と死ぬ気もない。

熱くなったのは、男を知らない妹だけだったのです。いい年をして男を知らない妹は、弄《もてあそ》ばれただけなのです。

想いだけが心身を焼き尽くしたのか、妹はひとりで死のうとして、身を投げましたが、飛び込むところを見つかってすぐに引き上げられました。

ご法度である心中を、し損ねたのでした。

どこから話は広まり、妹は臥して家に引きこもりました。

お種は、「奥さまが生きていたらこのようなことにはならなかったでしょう。だから私の申す通り、早々に嫁に行かせるべきでした」と嘆いていました。

私の妻は、妹がまた身を投げないかと心配して、父と妹の住む家に通い様子を見るようになりました。

妻によると、父は「家の恥だ。妻ある男にのめりこみ死のうとするなど、世間の笑いものだ。しかもいい年をした立派な娘が」と、初めて妹に対して怒ったようです。

もしかしたら、父は裏切られたような気になっていたのかもしれません。

父からすれば、自分と対等に議論もできる賢い娘が、ただの「女」だったことが、大きな悲しみとなった気がしています。父は失望していたのでしょう。

妹の件は近所にも広まり、いたたまれなくなったのでしょうか、それとも父自身が心に傷を負ったのか――。

父は命を絶ちました。

皮肉なことに、あれだけ侍を非難し、自ら侍でなくなったくせに、父は切腹という侍としての体面を重んじる手段を使ったのです。

遺書は私宛てに、ありました。

妹のことを頼む、と。

そして自分が間違っていたのだとも。

妹には余計な学問や剣術などさせずに、女として早くに嫁に行かせるべきだったと……そのように口にしていたと、のちにお種から聞きました。

女だとて、これからは男と同じように学問を身に着けて世の中の役に立つように……などと考えていた自分が愚かだったと。

ただ、父の死は妹の件だけが理由ではないとは思っております。少し前から病を患って寝込むことも増えていましたから、身体もつらかったのでしょう。

父が命を絶った家に、世間の目を気にしながら妹を置いておくと、妹もまた死のうとするかもしれないと、私は思いました。

けれど、私の家は道具屋で人の出入りも多く、何より小さい子供たちがいて賑《にぎ》やかすぎますし、家内も忙しくしております。

いっそ、妹は江戸から離れたほうがいいと考え本人に問うたところ、妹自身も、そうしたいと申します。

そんなときに——父の知り合いであった月待屋さんが浮かびました。

月待屋の女将さんが江戸にいらして顔を合わせたのは、ずいぶん昔ですが、父とはこまめにやり取りされていたことは、知っています。父が亡くなった際も、丁寧なお悔やみの文をもらい、「もしも何か力になれることがあれば」と書いてあったのを思い出したのです。

月待屋の女将さんのお由井さんに、私は文を書き、事情を記しました。

お由井さんからは、すぐに返事が届きました。

それが一年ほど前のことでしょうか。

妹は、ひとりにすると危なっかしいので、うちの店に出入りしている行商人の女に頼んで、一緒に京の伏見まで送ってもらいました。

おかげさまで、元気にやっているそうです。

ただ、兄の私の文には、返事をよこしません。思い出したくもないのか。

それはわかっておりますけれど、たったひとりの残された家族でございます。

そんな想いを妹に伝えたくて——伏見までやって参りました。

月待屋さんの懸想文売りの話は、江戸まで伝わっております。
もしや――と、思いまして――。

そこまで話して、進さんは黙り込んだ。

真魚は衝撃を受けていた。

一年ほど前に、突然、月待屋にいついたお琴さん。

母は何も言わなかったが、こみいった事情があるのだろうと、真魚も詮索しなかった。

どこから来たのか、どうして来たのか、わからないけれど。賢くて、なんでも知っている琴を、真魚は姉のように慕っていた。

そんな琴が、死のうとしたことがあるなんて。

そこまで思いつめた、想い人がいたなんて。

じっと話を聞いていた「懸想文売り」が、ふいに顔を覆う頭巾をとった。

琴の顔が現われたが、表情はない。

静かで冷たい目で、進さんをじっと見ている。その目はどこか怒りをたたえているように真魚には見えた。

「それで、兄上は私をどうしようと考えておられるのですか」

琴が、口を開いた。

懸想文売りは今まで言葉を発することがなかったが、それは女だとばれてはいけないからだ。

けれど、進さんは、もちろん、懸想文売りが自分の妹だということを知っている。

「お琴、ずっと心配していたのだ。私だけじゃない、妻も、お前のことを本当の妹のようにかわいがっていたのは、知っているだろう」

進さんが、言葉を続ける。

「もう、大丈夫だ。人のうわさも七十五日という。江戸に帰ってきたらいい。一緒に暮らそう、琴」

そうして、進さんは深く頭を下げた。

すっと無言で、琴が立ち上がる。

やはり冷たい目で、頭を下げる兄を見下ろしていた。

そうして、琴は黙って部屋を出ていく。

「お琴さん、どこへ行かはんの」

お由井の問いにも、答えない。

「真魚、お琴さんが心配やさかい、ついていってあげて」

母親に言われるまでもなく、真魚は草履をはいて、小走りで琴のあとを追った。


月待屋を出てすぐ、真魚は琴に追いつきはしたが、何から聞いていいのか、喋りかけていいのかわからず、黙って後ろを歩く。

琴も、真魚がいるのはわかってはいるはずだが、言葉を発しなかった。

少しだけ色づき始めた紅葉が伏見の町を彩っているが、それも琴は視界に入らない様子だった。

しばらく歩いて川を越えると、お琴さんは朱塗りの門の前で足を止める。

お寺だ。

真魚の知らない、来たこともない寺だった。

門には「宝福寺《ほうふくじ》」と書いた札が下がっている。

琴が、お寺に入っていくので、真魚は追う。

庭の片隅で、琴が足を止め、じっと下を見る。

大きくいびつな形をした石が、ふたつあるだけだった。

「これは、石？」

真魚が口に出すと、琴が「石です」と、やっと言葉を発した。

「でも、ただの石じゃない。陰陽石といって……男と女のつがいの石なんです。このお寺は、伏見の金毘羅《こんぴら》さんとも呼ばれていますが、もともとは伏見城にあって、淀《よど》殿が子授け祈願に訪れたと言われております。本尊は聖観音《しょうかんのん》ですが、他に歓喜天《かんぎてん》といって……こちらもつがいの仏さまです」

「つがいって、何？」

「男女の……夫婦のようなものでしょうか。ちなみに歓喜天さまは、男と女が抱き合い、ひとつになっている像なのです」

真魚は足もとの石を見つめる。

ただのいびつな形の石にしか思えない。

「私は、つがいには、なれなかった」

琴が口を開く。

「世間の多くの女のように生きることもできず、私は自分が女ではないのかと、何度も自問自答しました。けれど、できないことは、しょうがない。私は書物を読むのが好きで、家のことができず……きっと自分は男なのだろう、身体がたまたま女であるだけでと思っていました。父がそれを咎めず、許してくれる人だったから、苦にはならなかった。それは幸運だと思っています、今でも。ああいう父でなかったら、私はもっと早くに苦しんで、死んでいたかもしれない」

琴の目が潤んでいるように、真魚には見えた。

「嫁になど行く気はなかった。家事が嫌いで、書物ばかり読んでいるような女が嫁に行けるわけもない。そもそも、よく知らない男と一緒に住み子どもを産むなどと、ありえないと思っていました。ほとんどの男は私を変わり者だと揶揄《やゆ》しました。そりゃあ、そうでしょう。女が賢すぎると嫁の貰い手がないぞと、しょっちゅう言われましたよ。でも女が物を知っていて、何が悪いとずっと思っていました。でも、あの人は、違ったんです。あの人は……私を、すごいと褒めてくれました。女のくせにと、どうにか下に見ようとする男が多いなかで、あの人は違った。女ではなく、ひとりの人間として扱ってくれた。ただ、誤解している人が多いようですが、私たちはふたりで会っても最初の頃は、この国のことなどを語り合ったり、あくまで話をしていただけです。父以外で初めて人として対等に話せる人でした。それが——私は、生まれて初めて——皮肉なことに、『女』になってしまったのです。私は、引き裂かれてしまった」

琴は、泣くのを堪えているように見えた。

けれど涙をこぼすことなく、独り言のように話し続ける。

「もちろん、奥さまがあるのは知っていました。それでも人を好きになる気持ちは止められなかった……私は初めて人を好きになり、夢中になってしまいました。夢心地ではありましたが、ふと我に返ると悲しいやら嬉しいやらで涙が出て……自分の心が、こんなにも思い通りにならないのかと戸惑って、自分自身に振り回されました。愛しくて愛しくて、会いたくて、苦しくなって……ほとんど私の一方的な恋です。二十歳をとうに過ぎていて、小娘でもないのに、私は狂いました。恋に狂ったのです」

琴は、大きく息を吐いて、言葉を続ける。

「ただ、あの人と夜を共にしたのは、一度だけです。私のほうから強く願ったもので、あの方は躊躇《ためら》いながら応えてくれただけです。それまでは想いを叶えたら気が済むかと思っていましたが、とんでもなかった。恋心はふくらみ、はじけ、私はどうにもならなくて……あの人は、妻とは別れられないから妾になるかとおっしゃいましたが、私はそれだけは絶対に嫌と答えました。どうしても、あの人と一緒になりたかった。つがいになりたかったのです。あの人と、私だけで、生きていきたかった。あのときの私からしたら、私の家族も、あの人の家族も、邪魔者でしかなかったから、恨みました。あの人を柱に縛り付けて、家に帰したくないと、何度も考えました。苦しかったです、とても。何もかも思うままにならず、でも、恋しくて、やるせなくて、苦しくて、眠れない日々が続きました」

今の、物静かな琴しか知らない真魚には、想像がつかない。

「今になって思えば、私の想いが強すぎて、あの人はどうやって私から逃げるかをずっと考えていた気がします。あの人が困っているのも、私はわかりませんでした。何も見えなくなっていました。まさに、『恋は盲目』です。そして、この世で一緒になれないならと心中を持ちかけたのも、私です。あなたが私と一緒に死んでくれなければ、私はあなたの妻子を殺したっていい――そんなことも口にして、あの人を追い詰めました。あの人は一度、承諾して――でも、来なかった。男を知らない、いい年の女に迫られて、怯えて逃げた――当然のことです。でも私は、絶望しました。あの人が私のすべて、でしたから。私はたくさんの書物を読んではきたけれど、学問だけではどうにもならないことがあると、初めて知りました。死のうとしたけれど、死ねなくて、助けられて……やっと目が覚めたのは、父が死んだときです。それまでは自分が死ぬことしか考えていませんでしたから、まさか、父が」

琴はそこで言葉を止めて、ぐっと歯を嚙みしめる。

いったん大きく息を吸い、吐き出してから、再び口を開いた。

「父が私のことを恥じて切腹して亡くなり、さすがに私は自分が恋という幻にとり憑かれていたと、思い知ったのです。そして、とんでもないことをしてしまったのだと、悔やみました。けれど、いくら悔やんでも、父は帰ってきません。何より哀しかったのが、私は父に好き勝手にさせてもらうことで生きられたのにこのようなことになって、父を後悔させたまま失ってしまったことです。私も死ぬしかこの罪を償えないと思っていました。でも、一度、死にぞこなった身としては、生きるしかないのです。江戸を離れたほうがいいと兄に言われ、従いました。あの人や父の思い出が残る場所には、いたくなかった。そうして、この伏見にやってきました。最初は沈み込むしかなかったけれど……お由井さん、そして真魚ちゃんと一緒に暮らして、懸想文売りをはじめることになって、『楽しい』と思うことができたんです。懸想文売りは男の恰好ですが、私の中では男でも女でもなく、だからひとりの人間として存在できたのも安心できました。女のくせに女らしくないこと、そして男に惚れて女になってしまったことで心を引き裂かれてきましたから——そして、少しずつ、生きようとする気持ちが大きくなりました。今はもう、死にたいなんて思ってもいません。お由井さんと、真魚ちゃんの、おかげです」

そう言われて、真魚は安心して、今度は自分が泣きそうになってしまった。

「私はこれから先、誰かとつがいになることは、一生、ないでしょう。二度と恋などしないと誓っております。もうあんなに苦しむことも、人を苦しめることも、こりごりです。だからもう、誰も好きになりません」

お琴さんは、まだ綺麗だ、これからいくらでもいい人はできるだろう——真魚はそう思ったけれど、それを口にするのはさすがに憚られた。

よっぽどその男を、好きだったのか。

きっとまだ、忘れられないのだ。

「京に来て、よかったと思います。京は、憧れの街でもありました。この国の都であり、あらゆるものごとは京からはじまっています。なかでも、伏見は、人が行きかう場所だから、面白い。懸想文売りをはじめて、人はさまざま悩みや苦しみをいだいていることが身に沁《し》みました。人の痛みも悦びも味わえて、私は自分が生きているのだと思うことができた気がします。私は父に甘やかされ、書物の中に生きて、頭でっかちになっていたところ、初めて恋をして、人の心がいかに思うままにならないのかを、思い知りました。私は傲慢で、思いあがっていたのです。知識だけ増えて賢い人間になった気がしていた私を、ひとりの男への恋心が打ち砕きました。でも……そんなことがあったからこそ、懸想文売りとして、人の話に耳を傾け、文をしたためることができたのかもしれません。昔のように、書物で得た知識だけしかなく、人の心を知らない私だったら、できなかった。人は愚かでズルくて弱く情けない生き物だと、身をもって知ることができましたから。だから京に来ることができてよかった。ただ、父には申し訳なくて——」

そこで琴は、再び俯いて、足元の陰陽石を見つめる。

「私は、これから先、子を授かることもないでしょう、二度と、人を好きになることも」

そんなことあれへんよ！　と、真魚は叫びたい衝動を抑える。

「お琴さんは、その人を恨んでへんの？」

「恨んでなどいないと言えば、嘘になるかもしれません。でも、今は、私のようなものに好かれてしまったことで傷を負わせてしまって、申し訳なさでいっぱいです。だから私は、江戸にいちゃいけないんです」

琴は、そう言った。

目の前の美しい人が、「私のようなもの」なんて口にすることが、真魚は悲しかった。

「一度の交わりで……でもそれは、とても満たされていて、死んでもいいとすら思いました。今、死んだら幸せなまま死ねる、と。だから心中を持ちかけたのです。でも、本当は心のどこかで、わかっていました。どんな形でも、一緒になど、なれないことを。そもそも妻や子がある人だと知っていて好きになったのは私ですし、妾になどなりたくないと拒んだのも私。すべて私自身が決めたことですから。恨んでなんて、いない。一度だけでも望みが叶えられたのだから、もうこれ以上、何かを願うことなど、しません」

まるで自分自身に言い聞かせるように、琴は繰り返す。

真魚は口を開いた。

「さっき、進さんが、お琴さんに、江戸に一緒に帰ろうって言うてはったけど……帰ってしまうん？」

「帰る気なんて、ありません。京にいたいんです、伏見に。お由井さんと真魚ちゃんと暮らしていたい。ただ、私はあくまで居候なので、お由井さんが出てゆけと望むなら、出るしかありませんが」

「そんなん、言わへんよ」

と、真魚は琴の着物の袖をひっぱり、言った。

琴は答えず、泣きそうな表情のまま、口元を緩ませる。

泣けばいいのにと、真魚は思った。

きっと泣いたら楽になるのに。

でも、お琴さんは、泣かない。

たぶん、本当に好きになった男の人の前でしか、泣けないのだ。

なんとなくだが、真魚はそう思った。

「真魚ちゃん、こんな話を聞かせてごめんなさい。でも、もう、あなたはお由井さんが思うよりも大人だと私は思っているんです。……私のこと、嫌いになりましたか？　あなたが思っているよりも、ずっと醜い心を持っているって、わかったでしょ。妻ある男を好きになり、人を苦しめ追い詰め、あげくの果ては父を死においやった人でなしですよ」

「嫌いになんて、なるわけがないやん」

真魚は本心から、そう口にした。

「よかった」

そう言って、琴は、微笑《ほほえ》む。

「さあ、月待屋に帰りましょうか。お由井さんが心配しているといけない。仕事もあるでしょう」

「うん」

真魚はほとんど無意識で、琴の手を握った。

琴は、ぎゅっと握り返してくれた。

「……お琴さん」

「なんですか」

「もう二度と、死にたいなんて、思わんといてな」

「大丈夫です。極楽浄土なんてないと、今はわかっているから。人は死んだらそれまで、生きている時間がすべてです。だから精一杯、生きることを楽しまないといけないんです」

琴がそう言って、笑顔を見せてくれたので、真魚はホッとした。

月待屋に戻ると、安堵した顔でお由井が出迎えてくれた。

「進さんは急に来て、戸惑わせてしもたかもしれへんって謝ってはったで」

「兄は、どこにいますか」

「今は部屋にいはる」

「兄を離れに呼んできてくれますか。できたら、お由井さんも、真魚ちゃんも、来て欲しい」

お由井はこくりと頷いて、進さんを呼びに客室に向かった。

真魚はひとあしさきに、琴と離れに戻る。

「もう、この装束は必要ありませんね。兄とは、唯一の家族として向き合います」

と、琴は懸想文売りの紫の男着物を脱ぎ、普段身に着けている木綿の着物に着替え、髪も整える。

綺麗で、賢くて、優しい、お琴さん。

なんとか幸せになって欲しいと真魚は思った。

でも、お琴さんにとって、何が一番幸せなのかは、わからない。

しばらくして、お由井が進さんを連れて四畳半の間に入ってきた。

「兄上、さきほどは話の途中で席を立ったご無礼をお許しください」

そういって、琴が頭を下げる。

「いいのだ、私も性急すぎた」

さきほどと違い、どこか進さんが居心地悪そうにしていたのは、琴が懸想文売りの格好ではなくなったからか。

「さて、江戸に一緒に戻ってくれるか」

進さんが問う。

「いえ……私は京におります。とはいえ、お由井さんが許してくれれば、ですけれど。江戸に帰る気はございません」

「そうか」

真魚の目には、どこか進さんが安心しているようにも見えた。

「私は大歓迎や、お琴さんがいてくれはるのは、何よりありがたいわ」

お由井が言う。

「本心は、兄上だって、そのほうがよろしいでしょう」

琴が、ふと顔をあげて、そう口にした。

その目はやはり驚くほど冷たい光を放っているのに、真魚は気づいた。

「何をいう。私はたったひとりの妹を心配しておるのだ。そばにいてくれたほうがいいに決まっている」

「――兄上は、ずっと私のことを嫌っておられましたね。もう取り繕うのはおやめになってください。本心を話してください。今さら『妹想いの兄』を演じられようとしても、私がそれに騙されるわけがないことぐらいわかっておられますよね」

琴は、淡々と口にする。

「お琴……」

「兄上が私を嫌われていたのは、私が父に溺愛されたこともあるでしょう。お前なんか早く嫁に行ってしまえ、年をとったら貰い手がなくなる、学のある剣術好きの女なんて、好む男がいるものか。女なら誰でもいいような、老いた男やもめぐらいにしか、相手にされぬわ——私にそう言い放たれたのを、お忘れでしょうか」

進さんの表情が、消えた。

「私は兄上のおっしゃることは、もっともだと考えておりました。私は女の出来損ないであると、ずっと思ってきたのは、兄上にそう扱われていたせいでもあります。兄上は、ことあるごとに、私をそうして女失格だと言い募りました。私は、内心、その通りであると思いながら、傷ついてもきました。自分は女ではなく、実は男であるのかとも悩みました。そんな私が初めて恋をして救われました。女らしくなくても、私の存在を認めて欲しくてくれる人は、いたのです。父以外にも」

琴は、今まで真魚が見たこともないようなきつい表情で、じっと進さんを見ていた。

　容赦なく、言葉を続ける。

「父の死は、確かに私のせいです。けれど兄上は、父を追い詰めるようなことをされませんでしたか？　心中しそこなって男に捨てられるなんて、家の恥だ。自ら浪人になったとはいえ、もとは武家でしょう。こんな恥をかいて、のうのうと生きていられるのか。少なくとも、自分は兄として恥ずかしくてたまらない――と。そのようなことを、おっしゃいませんでしたか？」

「……どうして、それを」

「あなたの奥さま――義姉《ねえ》さまが、あとになって打ち明けてくれたのです。どうか、姉上を責めないでください。兄上のおっしゃるとおり、義姉さまはこんな私を可愛がってくれてましたから、不憫《ふびん》に思ったのでしょう。優しい方ですから」

「……お琴、お前もわかっていただろう。私は妹であるお前に、ずっと嫉妬をしていた。私より遥《はる》かに賢く、才があることに。父はずっとお前に『男だったらよかったのに』と言い続けていた。では、男である私はなんなのか――父に期待もされず、可愛がられもせず、妹と比べて劣っていることを見せつけられる私は……そうだ、お前の言う通りだ。私はずっとお前が嫌いだった。どこか見下されている気がして、ならなかった。賢くも強くもない、ただ男であるだけの、私を」

「見下してなど、いません」

「わかっている。私が勝手にそう思っていただけだ。でも、だからお前が男に惚れて捨てられたと知ったとき、高笑いしそうになった。ほら、見てみろ、ただの女だ！　と。お前が捨てられて、どこか小気味よかったのかもしれない。そうだ、そんな私を、妻はよく見ていた。お前に対する嫉妬も、俺の弱さも、きっと妻には見抜かれていたであろう」

　進さんは、大きく息を吐いた。

「確かに父上を、最終的に追い詰めたのは、私かもしれん。でも、お前のせいだと思いたかった。お前を江戸から離し、京に行かせようと言い出したのは、妻だ。『ふたりは離れたほうがよいのです。お互いのために』と。一見、従順な女に見えるが、私は妻には敵《かな》わない」

「義姉さまは、賢い人です。書物を読んで知識をつけた者が賢いなんて、大間違いです。私よりも、はるかに賢い」

「そうだ。そうして、正解だったようだな。お前は京に来てよかったと。江戸に戻ろうとは口にしたが、お前が帰ることはないだろうというのは、この宿に来て、すぐにわかった。好きなだけここにいればいい、江戸のことは気にすることはない。

お由井さんにはご迷惑をおかけしますが」

「うちは大歓迎やで、な、真魚」

そう問われて、真魚は大きく頷いた。

「そうと決まったら、長居は無用だ。私は帰るが――お琴、本当にすまなかった」

進さんが、身体を落とし、土下座をして深く頭を下げる。

「許してもらえぬだろうが、申し訳ないと、心の底から思っている。離れてから、わかったことは、いくつもある。お前はまぎれもなく私の妹で……だから死んではならぬ。信じてもらえぬかもしれぬが」

進さんは、ずっと顔を伏せたまま、頭を下げている。

「兄上、もうよろしいです。許すも何も、兄上は私のただひとりの血のつながった家族です。姉上たちと共に、達者で暮らしてください。私は、もう、大丈夫です」

お琴さんがそう言うと、ゆっくりと進さんは身体を起こしたが、その表情は曇ったままだった。

少し落ち着くと、そのまま進さんは支度して江戸に帰っていった。

真魚とお由井と琴で、見送った。

「というわけで、まだしばらくこちらでお世話になってよろしいでしょうか」

暖簾をくぐって土間をあがる際に、お琴さんが、そう言った。

「当たり前やんか。なんならずっとここにいてくれはったらええ」

と、お由井が明るく口にする。

「真魚かて、これから先、誰か好きな人でもできて、お嫁にいってしまうかもしれんし……」と、言葉を続ける。

真魚からしたら、そんな日が来るのは、想像もつかなかった。

けれど、ずっと涼しい顔をしていたお琴さんだって、激しく人を好きになったのを知ったから、自分でも、わからない。

怖いと、正直思っていた。

人を好きになるのが、恋をするのが、怖い、と。

でも先のことを考えたって、しょうがない。

お琴さんが江戸に帰らないのは、きっと江戸には好きな人がいるからだ。

お琴さんの中には、まだ熱い想いがくすぶり続けている、消えてはいない。

だからこそ、離れた地である京に留まろうとしているのだ。

もう二度と、愚かなことを繰り返さないために。

それぐらいは、真魚でもわかる。

三人は離れに戻り、一息つこうと、お由井は真魚にお茶を淹れさせる。

「でも、ほんまにええの？　お琴さん。進さんと離れて……」

「家族だから、離れたほうがいいと、改めて思いました。兄も、さきほどは謝ってはいるようでしたが……また傍《そば》にいたら、どうなるかわかりません。私も、これ以上、たったひとりの血のつながった家族のことを、憎みたくないのです。兄だって、同じでしょう」

琴は、そう言って、お茶に口をつけた。

「お由井さんと父のつながりがあって、よかったです。ご縁がありがたい」

琴がそう言うと、お由井が笑う。

「不思議な縁やね……お琴さんのお父さんはね、真魚の父親が昔、お世話になっていたんや」

お由井の口から、「真魚の父親」という言葉が出てきて、驚いた。

「いつか、真魚にも、あんたの父親のことは話さなと思いつつ……私もまだすっきりとしてへんねん。ごめんやで、でも、いつか」

お由井が、そうつぶやいた。

大人の女たちは、それぞれ秘めた熱を胸に抱いて、静かに、けれどしっかりと地に足をつけて生きている。

ふと、真魚は思った。

お琴さんが本当に恋文を書いて想いを伝えたい相手は、たぶん江戸にいる男なのだ。それができないから、その代わりに他の人の想いを聞き懸想文を書いているのかもしれない。

もちろん、最初のきっかけは、お由井の思い付きではあったが、そのあとも懸想文を書くたびにお琴さんが元気になっていく様子を見ていると、お琴さんが書く懸想文には、お琴さん自身の想いも込められているのではないだろうか。

伏見の月待屋では、顔を隠した懸想文売りが、人の心を伝える文を書いて届けてくれるという。

だからいつかきっと、お琴さんの想いも伝わればいい――真魚はそうやって願わずにはいられなかった。

たとえそれが叶わぬ想いだったとしても。

解説

桂《かつら》 米紫《べいし》
（落語家）

「いつまでも幸せに暮らしました」とは、お伽《とぎ》話のラストにおけるお定まりの常套《じょうとう》句。

主人公たちの波瀾《はらん》万丈の物語を、ハラハラした気持ちで追い続けてきた純真無垢《むく》な少年少女がホッと安堵《あんど》できる、魔法の一言。

もうこの先は危険が迫る心配も絶望に陥る憂いもない、そんな「いつまでも幸せに暮らせる人生」を、いつか自分たちも手に入れられるという期待を抱かせる、希望に満ちた言葉。

しかしそんな汚れを知らぬ少年少女もいずれ成長し、厳しい大人社会で辛酸を舐《な》めた末に「いつまでも幸せに暮らせる人生など決して訪れない」と、静かにそう悟るのです。

しかし中には、その事実を悟らぬまま大人になってしまった人というのも少なからず存在して、何か思い通りに行かぬ事態に遭遇すると、「いつまでも幸せに暮らせるはずだった私が、どうしてこんな酷《ひど》い目に遭わなければならないんだ！」と、まるで約束を反故《ほご》にされたかの如《ごと》く悲嘆に暮れてしまう人というのを、たまに見かけることがあります。

ある意味そういう人は、幾つになっても「いつまでも幸せに暮らしました」という魔法の言葉を信じ続ける、純粋さを失わぬ人と言えましょうが、言い換えれば理不尽な現実から目を逸《そ》らし続けた結果、苦痛への耐性に欠けてしまった、打たれ弱い人とも言えます。

「虚構」によって創り上げられた劇映画や小説などの夢物語が、人々を束《つか》の間幸福な気分に浸らせ、勇気づけてきたのは事実です。

「いつまでも幸せに暮らせる人生」など訪れるはずがないと、頭では充分に分かっていながらも、それでも人は時として「いつまでも幸せに暮らせる人生はきっと訪れるよ」という、甘美な嘘《うそ》を欲してしまうことがあるものです。

しかしその甘い甘い魔法の秘薬の、用量には気をつけねばなりません。

前述の通り幻想に浸り続け現実に目を逸らし過ぎると、あまりにも厳しい現実との落差に、心が折れてしまいかねません。

大切なのは、適度な苦味です。


落語も虚構の物語を語りながら、その実かなりの苦味を含んでおります。

きっと落語という芸が、いにしえの日本で冷遇されてきた、身分の高からぬ人々が作り上げ語り継いできたことにより、シニカルさを纏《まと》っていること。

そして結末にオチがあり、それまでの物語が最後の最後にひっくり返されてしまうという、その物語の構成に要因があるのではないかと思うのですが……とにかく落語で語られる物語には、現実の厳しさを笑いの衣で包んだような、皮肉な噺《はなし》が多いのです。

例えば「はてなの茶碗《ちゃわん》」という演目。

極道が過ぎて親に勘当され、仕方なく大坂から京へ出て担ぎの油屋をしながら食い繋《つな》いでいる、うだつの上がらぬ男。

ある日清水寺《きよみずでら》の茶店で金兵衛《きんべえ》という、京で有名な茶道具屋の旦那が、茶碗を眺めながら「はてな」と首を傾《かし》げるところを目撃する。

　これは千両ぐらいの値打ちものに違いないと、茶店の親父と喧嘩《けんか》までし、有り金の二両をはたいて茶碗を手に入れた油屋。

　高値で買ってもらうべく、意気揚々と金兵衛のところへ茶碗を持ち込む油屋だったが、金兵衛から「ひびもないのに茶が漏るので、はてなと首を傾げた」と告げられ、茶碗が値打ちものどころか傷ものであると判明。

　意気消沈する油屋を可哀想《かわいそう》に思った金兵衛はこの茶碗を三両で買い上げてやり、一攫千金《いっかくせんきん》など夢見ず地道に働くよう諭す。

　その後金兵衛が、出入りをする関白の屋敷でこの話を披露したところ、噂《うわさ》が回り回って時の帝《みかど》が「一度その茶碗が見たい」と所望し、帝自らの手で「はてな」と箱書きをするに至る。

　これを聞いた豪商・鴻池善右衛門《こうのいけぜんえもん》がこの茶碗を千両で買い上げ、ただの傷ものでしかなかった安茶碗が、本当に千両の値打ちものとなってしまう。

　金兵衛は急いで油屋を探しだし、「このお金を持って大坂の親許《おやもと》へ帰りなさい」と、半分の五百両を分け与えてやる。

数日経《た》って、金兵衛のところに何やら重たそうなものを持ち込んでくる油屋。五百両を手に大坂へ帰ったのではなかったのかといぶかしむ金兵衛に、油屋が一言「今度は水瓶《みずがめ》の漏るやつ見つけてきた」。

もう一つ、「厩火事《うまやかじ》」という演目。

仕事もせず、昼間から酒を呑《の》んで遊び呆《ほう》けている年下の亭主を持つ、髪結いのお咲《さき》。

そんな亭主から暴言を吐かれ、今日こそは別れようと、仲人代わりの甚兵衛《じんべえ》の元へ相談にやって来る。

夫婦喧嘩の度に亭主の愚痴を聞かされる甚兵衛は、お咲にある譬《たと》え話を聞かせてやる。

岸和田《きしわだ》のさる旦那が高価な皿を大事にしていたが、皿を持って二階から落ちた女房に対し、女房の身体《からだ》のことを心配せず皿が割れてないかどうかばかりを気にしたがために離縁され、後添えが来ることもなく一人寂しい晩年を迎えた、と。

お咲の亭主が骨董《こっとう》の茶碗を大事にしていると聞いた甚兵衛は、お咲に転んで茶碗を割るよう提案。その時に亭主がお咲の身体のことを心配してくれれば良いがもし茶碗のことばかりを気にするようなら、その時は別れろと。

亭主が自分の身体のことを心配してくれるか、不安を抱えながら帰宅し、亭主の前で盛大に転びつつ茶碗を割るお咲。

すると亭主は「茶碗はまた買《こ》うたらええ。それより身体大丈夫か？」と、茶碗よりもお咲の身体のことを心配してくれるではないか。

「あんた、そないに私の身体のこと心配してくれんのんか？」と喜ぶお咲に、亭主が一言「当たり前や。お前に怪我《けが》されてみい。明日から遊んでて酒が呑まれへんがな」。

どちらの演目も、オチさえなければ美談となり得る話です。

観客に夢を抱かせるのが目的なら、「この後油屋は五百両を手に親許へ帰り、親子仲良く過ごしましたとさ」とか、「その後夫婦は仲良く添い遂げましたとさ」と終われば、夢溢《あふ》れるハッピーエンドになる訳です。

でも落語はそんな安易な結末を迎えません。

きっとこれらの演目の作者が持っていたのは、「人間なんてそんなもんだよ」という、冷笑まじりの達観です。

一攫千金を夢見るギャンブラー気質の人は、誰に諭されようがその気質からなかなか抜け出せないものだし、ダメ男と愛を確かめ合えたと思っても、そう簡単にダメ男が更生する訳ないではないか……という、それまで心地よく虚構の夢に酔いかけていた観客の目を、最後の一言で一気に目覚めさせるような皮肉な物語が、落語には多数あります。

「ただでさえ厳しい現実を生きているのに、なぜ虚構の世界でまでそんな厳しさを味わわねばならないんだ」というご意見も、尤《もっと》もだと思います。

しかし、「ただ厳しい現実から目を逸らすだけの夢物語」では得ることの出来ないより力強い勇気を、これらの「苦味を含んだ物語」は我々に与えてくれます。

本書『京都伏見　恋文の宿』は、これまで主に官能小説やホラー小説、エッセーの世界で人気を博してきた花房観音氏が、初めて手掛ける〝人情もの時代小説〟です。

舞台となるのは、伏見《ふしみ》の中書島《ちゅうしょじま》。作中にもある通り、当時の中書島は京と大坂を結ぶ水運の拠点として栄え、宿屋や商店や遊郭などで賑《にぎ》わう、活気溢れる場所でした。

ちなみに江戸時代の中書島の賑わいの様子は、「三十石夢《さんじっこくゆめ》の通路《かよいじ》」という落語の中でも描かれています。

現在の中書島に当時ほどの賑わいはありませんが、〝島〟という名の通り四方を川に囲まれた美しいところで、作中真魚が度々参詣をする長建寺《ちょうけんじ》や、現在も宿泊可能な寺田屋（建物自体は再建されたものですが）、遊郭跡を改装した居酒屋や有名酒造会社の酒蔵などが立ち並び、いにしえの活気を偲《しの》ばせます。

黒船来航の少し後……日本の情勢が大きく変化し、これから動乱の時代を迎えようという頃のお話。

中書島でもこの数年後には、寺田屋騒動という血生臭い事件が起こることとなります。

顔を隠し、恋文の代筆をして糊口《ここう》をしのぐ貧しい公家……というのも当時の京に実在したようで、そんな「懸想文売り」にスポットライトを当てているのも、幕末の京を舞台にした作品としての興味深い点です。

これまでの花房観音氏の作品といえば、人の情念を恐ろしいまでの強烈なタッチで描く、その作風に定評がありました。

ところが本書は「山本周五郎《やまもとしゅうごろう》の未発表作」と言われても納得してしまいそうな程の、たおやかで美しい作品です。

しかし、一見穏やかな羊のように見える本書の裏に、一筋縄ではいかない「花房観音の人生観」という狼《おおかみ》が潜んでいることに、ファンは気づかれることでしょう。

各章とも、いくらでも美談に仕立て上げることは出来るはず……にも拘《かか》わらず、描かれるのは哀《かな》しくも狂おしき人間の性《さが》です。

夢見る少女の年齢からは脱しつつあるも、まだ大人と呼ぶには早い十四歳の真魚が、謎に包まれたミステリアスな居候の琴《こと》と行動を共にすることによって垣間《かいま》見るのは、決して綺麗事《きれいごと》では済ますことの出来ない、醜くも哀愁漂う人間本来の姿。

いつも冷静で知的で、潔癖な存在として思い慕っていた琴でさえも、心の奥底にはドロドロした情念を抱えた、煩悩から逃れられぬ脆弱《ぜいじゃく》な人間だったと知ることになります。

そんな、本当ならば目を背けたくなるような醜悪でか弱き大人たちの姿を決して否定する訳でなく、「道徳的に正しくないからこその人間の愛らしさ」を真魚が感じ取り、彼女なりに成長していく姿を主軸として描くところに、これまでの作品と共通する氏の作家性、そして人生観を見ることが出来ます。

美談に酔いしれることを良しとしない花房氏は、ラストも大団円には着地させません。

きな臭さが増す幕末の社会情勢に、「日本はこのままどうなってしまうのか」という不安が払拭されることはありません。

琴が一度は愛に狂った江戸の侍が、妻子を捨てて伏見まで琴を追ってきたとしたら？　琴が再び同じ過ちを繰り返さないと、果たして言い切れるだろうか？

それどころか、不器用な大人達をこれまでは傍観する立場だった真魚自身が、今度は愛憎にまみれた揉《も》め事の当事者になってゆくのではないか？　そんな一抹の不安さえ残しつつ、全てが不確かなまま、物語は幕を閉じます。

しかし、そんな彼女たちの置かれた状況と、今の私たちを取り巻くこの不安定な状況に、一体どれ程の違いがあると言えましょう。

「人間、いつまでも幸せには暮らせない」。

花房氏のその達観こそが、厳しい人生に立ち向かう真の勇気を我々に与えてくれるのです。

本作品は書き下ろしです。

実業之日本社文庫　最新刊

赤川次郎
紙細工の花嫁
女子大生のところに殺人予告の脅迫状が誤配され、中には花嫁をかたどった紙細工の人形が入っていた。本当の宛先を訪れると……。人気ユーモアミステリー！
あ1 28

五十嵐貴久
能面鬼
新歓コンパで、新入生が急性アルコール中毒で死亡する。参加者達は、保身のために死因を偽装する。一年後、一周忌の案内状が届き……。ホラーミステリー！
い3 7

石田　祥
にゃんずトラベラー　かわいい猫には旅をさせよ
京都伏見のいなり寿司屋「招きネコ屋」に預けられた子猫の茶々がなぜか40年前にタイムスリップ!?　猫仲間、人間との冒険と交流を描く猫好き必読小説。
い21 1

知念実希人
呪いのシンプトム　天久鷹央の推理カルテ
まるで「呪い」が引き起こしたかのような数々の謎を前にして、天才医師・天久鷹央が下した「診断」とは!?　現役医師が描く医療ミステリー、第18弾！
ち1 108

月村了衛
ビタートラップ
「私はハニートラップ」。公務員の並木は、恋人から突然、告白される。何が真実で、誰を信じればいいのか。恋愛×スパイ小説の極北。（解説・藤田香織）
つ6 1

葉月奏太
癒しの湯　人情女将のおめこぼし
ある日突然、親友が姿を消した――。札幌で働く平田は、友人の行方を追って、函館山の温泉旅館を訪れる。鍵を握るのはやさしい女将。温泉官能の超傑作！
は6 18

実業之日本社文庫 は29

京都伏見《きょうとふしみ》　恋文《こいぶみ》の宿《やど》

2024年12月15日　初版第1刷発行

著　者　花房観音《はなぶさかんのん》

発行者　岩野裕一
発行所　株式会社実業之日本社
〒107-0062　東京都港区南青山 6-6-22 emergence 2
電話 [編集]03(6809)0473 [販売]03(6809)0495
ホームページ　https://www.j-n.co.jp/
DTP　ラッシュ
印刷所　中央精版印刷株式会社
製本所　中央精版印刷株式会社

フォーマットデザイン　鈴木正道(Suzuki Design)

ISBN978-4-408-55923-0（第二文芸）